アヤとあや

渡辺優
Yuu Watanabe

小学館

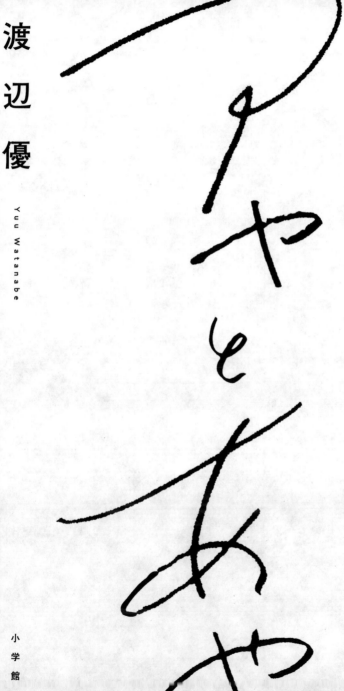

目次

一　神秘的な子供

六歳のころには、自分の神秘性を理解していた。弟が生まれて、それはわたしのすべてになった。

1

石油の匂いがする。ペトロール。この匂いは好きだ。

視線を上げると、父と目が合った気がした。でも、きっと気のせいだ。父が見ているのは、わたしの髪や、肌や、着ている服の輪郭や質感。もしかしたら目を見ているのかもしれないけれど、それは瞳の色や映り込む光や睫毛《まつげ》の影を見ているだけで、それでは目が合っているとはいえない。父はわたしを観察している。中庭へと続く西側の大きな窓から入る光が、どんどん色をかえていく。天窓からの光はもう入らない。

わたしも父を観察してみる。絵を描いている父に表情はない。ほんの少し見て取れるのは、退屈のような、不満のような、それとも不安？　眉は一直線で、かすかに口に力が入っている。顎《あご》のあたりの髭《ひげ》が少し伸びていて、眼鏡がやや左に傾いている。

　顔よりも手のほうが活《い》き活きとしている。手にしている絵筆は豚の毛。豚の毛はごわごわと硬くて、わたしはあまり好きじゃない。わたしが好きなのは、セーブルの柔らかな筆。母家の三階にあるわたしの部屋の机、一番下の鍵のかかる引き出しに仕舞ってある。去年の誕生日に手に入れた。

「一緒に盗んだんだよね」

　足元で、彩《アヤ》が言った。大きく首をそらしてこちらを見上げる。その大きな目に、窓の影が映りこんで光る。

「そうだね」

「ちょっと、どきどきしたよね」

「うん。まあね」

　二本の筆を思い浮かべた。昨日やっと彩色に入って、はじめてその筆に油を含ませた。石油の匂いがして、うれしくなった。

　彩はにっこりほほ笑んで、前へ向き直った。彼女はわたしが座る椅子の脚に背をあずけて、両足を投げ出して座っている。まくれたスカートから伸びるむき出しのふくらはぎには、ピンク色の傷痕が覗《のぞ》いている。七歳のときにつけた傷だ。

わたしは父と彩の観察を止《や》めて、膝の上に開いていた本に視線を戻した。母の本棚から借りてきた本だ。父に描かれている間は、本を読むことが多い。今読んでいるのは、失《な》くしたものが戻ってくる魔法の王国に、死んでしまった大切な猫を取り戻すため訪れるお姫様の話。子供向けの童話。母は、すこし子供っぽい趣味があるから。

「猫、見つかるかな」

前を向いたまま彩がたずねた。

「どうかな。猫はお姫さまの心の中で生きているから失くしてないとか、そういうオチだと思う」

「え、そうなの？　そうかな。じゃあ猫は戻らないの？」

「うん、たぶん」

わたしは彩にだけ聞こえる小さな声で、囁《ささや》くように言った。

「馬鹿みたいだよね。そんなきれい事言ってないで猫を返してくれればいいのに」

「うん。猫、帰ってきてほしいな」

彩はさみしそうにうなずく。彼女はまだ、物語のお約束というものがよくわかっていない。お説教や教訓、ありふれたきれいな言葉を、そういうものとして受け流すことができない。

日が陰って、本も読みづらくなってきた。太陽はもう母家の向こうに落ちたらしい。絵筆に集中している父は気づいていない。薄暗いアトリエの中、父の瞳が見つめるのはカンバスと、わたしだけ。

「ねえ、飽きてきちゃった」

彩がわたしにだけ聞こえる声で言った。

「今は集中しているみたいだから、我慢しよう」

わたしは彩にだけ聞こえる声で答えた。彩はちらりとこちらを振り返ると、かすかに笑みを浮かべ軽やかに立ち上がった。はずむような足取りで窓のほうへ向かい、右足を軸にしてくるっと回ると、いたずらっぽい目をしてまたうれしそうに笑う。その長い髪の輪郭を、まだかろうじて射《さ》す西日が金色に染めていた。わたしはかまってほしそうな彩を無視して、中庭を見つめた。陰りゆく緑の色が見たかった。絵の背景に緑を描きたいと、昨日思いついたのだ。

庭の隅では、母の植えた濃い赤色のバラの蕾《つぼみ》が、重たそうに揺れていた。今日は風が強い。バランス悪く育ってしまった長く細い茎のバラが、大きな蕾を支えるには大変そう。そして、半袖のワンピース一枚でじっとしているには、少し寒い。

わたしは静かに右手を持ち上げて、左腕に触れた。腕はひんやりと冷たくて、右手の温かさがじわりと広がる。

「風邪ひいたら、学校休めるね」

彩がはしゃいだ声を上げる。馬鹿な子。

「寒い？」

父の声に、わたしは庭を見ていた目を向けた。

父は手にした絵筆を空中で止めたまま、まっすぐにわたしを見ていた。わたしの形を観察するのではなく、ちゃんとわたしを見ている。

「ううん、平気」

「寒いよう」

彩がさえぎるように言う。

「ごめん、もう遅いね。気づかなかった」

父は窓の外を見つめ、大きくため息をついた。広い肩からはすっかり力が抜けていて、今日の仕事はもう終わり。わたしは椅子から立ち上がり、大きく伸びをする。父が豚の筆についた絵の具をキッチンペーパーで拭《ぬぐ》い、ブラシクリーナーで洗い、紙のパレットを丸めて捨て、テーブルの上に散らばった絵の具のチューブを雑に集めるのを見る。わたしは椅子の上の本を隅の本棚にしまって、それで帰り支度は完了。「忘れ物はないかな」という父のいつもの言葉で、アトリエを後にする。

今日父の向き合っていたカンバスの横を通り過ぎるとき、ちらっとその絵を見た。そこにはわたしがいる。絵になった自分を見ることは、人に言われるほどうれしくもなければ、不快でもない。ただ、揺るぎない誇りと責任を感じる。

視線を上げると、さっきまで母家に戻りたがっていた彩がじっと窓のそばにしゃがみこんだまま、動かずにいた。天《あま》の邪鬼《じゃく》なのだ。馬鹿で、気分屋で。わたしはこちらに背を向けてアトリエの扉に手をかける父を確認して、カンバス脇のテーブルの上から、緑色の絵の具をさっと盗んだ。手のひらの中に隠したそれを、ワンピースのポケットに入れる。

もういちど顔を上げると、彩がにこにこしながらこちらを見ていた。わたしも彼女に笑みを返す。ドロボー、と、彩の唇が動いた。

「はやく」

彩は跳ねるように立ち上がり、並んでアトリエの扉をくぐる。もうすっかり暗いと思っていたけれど、外にはまだ夕焼けの明かりが残っていた。石油の匂いが遠ざかり、澄んだ空気がおいしい。

「もうご飯の時間だね。またお母さんに怒られちゃうかな」

アトリエの鍵をかけ終えた父が、眉を下げて笑う。言われてみれば、お腹が空いた。

「ご飯、なにかな」

「ご飯、なにかな」

わたしたちの声が重なった。

「十一歳おめでとう、亜耶《あや》」

目が覚めて一番最初に、彩の声を聞いた。

ベッドの天蓋《てんがい》を見ていた目を動かして、彼女の姿を探す。薄明るい部屋の中、彩はもう起き出して、勉強机の前の椅子に膝を抱えて座っていた。彼女の後ろ、小さな窓が開いている。空は、たくさんの油で伸ばしたような、透きとおる藍色《あいいろ》。

「あなたもおめでとう」

枕を抱えるように寝返りを打って、お祝いの言葉を返した。

わたしたちは、今日で十一歳になった。その感触を確かめる。十一歳、という年齢の持つ印象について考える。

大丈夫だ。

まだ大丈夫。

わたしはまだ……。

「今日は特別なことをしなくちゃ」

彩の弾む声に、身体を起こした。

「例えば？」

「わかんない。でもなにかしなくちゃ」

彩は膝の上に顎をのせて、うれしそうにこちらを見る。一歳歳《とし》を重ねたからって、急に大人になるわけじゃない。彩は今日もまだ馬鹿な子供だ。

「そうだね。そう、なにかしなくちゃ」

「なにをしたらいい？」

「彩は、どう思う？」

「なんでもいいよ。なんだって素敵。だって、誕生日なんだから」

　彩はきらきらした目でわたしを見る。純粋で、無責任な瞳。彼女とは違って、わたしは自分の誕生日というものをもっと真剣にとらえていて、今日という一日にどんなふうに取り組むべきか、ずっと前から考えていた。

「わたしは、絵を描こうと思う」

「えー？　絵なんて、いつでも描けるのに」

　彩は不満そうな声をあげる。なんでもいいと言ったくせに、「絵なんて退屈」と唇をとがらせる。

「じゃあ、彩はなにをしたらいいと思うの？」

「わかんないけど……でも、もっと素敵なことがあると思う。誕生日なんだから。知ってる？　わたしたちの十一歳の誕生日は、一生に一度しか来ないんだよ」

　彩はまっすぐな目をして言う。

「わたしは、絵を描くのにいそがしいから。とにかく、学校に行くよ」

わたしはベッドから足を下ろして、冷たくも温かくもない床の上に降り立つ。十一歳だ、ともう一度強く思った。

「誕生日なのに学校に行くなんて」

「学校で特別なことが起こるかもしれないじゃない」

「あ、ねえ、手紙が来るかも」

「手紙？」

「そう。魔法学校からの手紙。ハリーは十一歳の誕生日に、ふくろう便で手紙をもらったの。覚えてる？」

覚えてる。いじわるな伯母夫婦のもとで暮らしていたハリー・ポッターは、十一歳の誕生日に魔法学校から入学を知らせる手紙をもらって、はじめて自分が魔法使いであると知るのだ。ふくろうが届けてくれる魔法の手紙だ。『ハリー・ポッターと賢者の石』の最初の部分。わたしは、ハリー・ポッターシリーズなら十歳になる前に最後までぜんぶ読み終えたもの。

彩に答えないまま、ベッドの脇に落ちていたカーディガンを羽織って、部屋を出た。彩が後ろをついてくる気配がした。

「お誕生日おめでとう」

階下に現れた私たちを、母がそう言って出迎えた。きちんと整えられた髪に、服も着替えて、もうお化粧も終えている。いつも笑っているように見えるたれ目に沿う太い眉も、はっきり描かれている。それで、今日はパートが早番なのだとわかった。遅番の朝は、わたしたちが出掛ける時間まで寝起きの顔にパジャマだから。

ありがとう、とわたしたちは声を合わせる。母の左手がわたしの頭を撫《な》でる。

「もうすっかりお姉さんだね。ほんと、子供の成長って早すぎ。ふたりとも、このあいだ産んだばっかりなのに」

愛《いと》おしそうにこちらを見つめ、幸福そうに笑う母の右手には、いつかの母の誕生日にわたしたちが贈ったお玉が握られている。母が幸福そうで、うれしい。と同時に、平気な顔で無神経なことを言われてうんざりする。

「今日は特別なことをしたいの。なにがいいと思う？」

リビングのテーブル、いつもの定位置についてからたずねた。テーブルの上には、すでに朝食が出来上がっている。かりかりに焼いたベーコン、卵ふたつの目玉焼きに、トマトにトースト。

「うーわあ。すごく難しい質問」

大きなマグカップに、母がお玉から熱いコーンスープを注いでくれた。テーブルについているのはわたしたちだけだった。夜型の父はまだまだ眠っている時間で、数週間前に小学生になったばかりの弟も、はりきって早起きをしていた最初の数日以降は、朝寝坊ぎりぎりまで眠るのがお決まり。

「好きな子に告白してみるとか」

母がくだらない案を出した。わたしは鼻で笑いそうになった。

「好きな子っていない。それに告白って、そんなに特別でもないと思うけど」

「えーそう？　難しいな。じゃあねー、うーん……。なんだろう。お母さんの子供のころは……あ、ピアスを開けるとか」

「開けていいの？」

「いや、駄目駄目。まだ早いよね。そういうのはね、大学生になってからじゃないと、怖い先輩に呼び出されたりするのよ。耳たぶ引きちぎられちゃう。うーん、じゃあねえ……」

「真剣に考えてね」

彩がわたしの隣、テーブルに肘《ひじ》をついて言う。母はキッチンから持ってきたトーストをお皿も使わずかじりながら、少しの間うーんと唸《うな》る。

「ん、ねえそれじゃ、絵はどう？　いつだったか、ちゃんと絵を描いてみたいって言ってたよね？　それを今日から始めてみるっていうのは？　今日が絵描きとしての誕生日なの。すごい、素敵な感じ」

母は輝く瞳でわたしの目をのぞき込む。わたしがもう絵を描き始めていることを母は知らない。たぶん、知らないはずだ。少しずつ父の画材を盗んでいるなんて。

「絵の具がないもの」

もしかしてばれていたりして、という不安から、すこし攻撃的な声が出た。

「お父さんの仕事道具、触っちゃだめなんでしょ」

「ああ、うーん、そうだけど。でも今夜、相談してみて。ほら、誕生日だし」

母は嬉《うれ》しそうな笑顔で、トーストの最後の一切れを口に押し込んだ。キッチンにたつ母の背中を見て、彩がわたしにだけ聞こえる声で言った。

「誕生日プレゼント、絵の具かな？」

わたしは細く長くため息をついて、彩にだけ聞こえる声で答える。

「盗むからいらないのにね」


本当は、誕生日なんてまるで好きじゃないのだ。

わたしは六歳のころには、自分の神秘性を理解していたから。

学校への道を歩きながら、ずっと同じようなことを考えている。わたしは今日から十一歳。父の絵のモデルを務めるようになってから、もう五年がたつ。どんなに繰り返し考えたところで、なにも解決なんてしないとわかっている。でも、毎日歩いている通いなれた道にまた一歩足を出すだけの退屈な時間をすごしていると、頭の中にはどうしても同じ問題が浮かぶ。わたしが、十一歳になってしまったという問題。とてもむずかしい。難題だ。周りをちょろちょろと駆けていく低学年の子たちが、まるで悩みのなさそうな馬鹿みたいな声を上げた。学校は嫌いだ。最初から、六歳のころから好きじゃなかった。毎年、さらに嫌いになっていく。日に日に、まだまだ嫌いになっていく。

教室のせまさとか、形とか、簡単すぎる授業を他の子供たちと同じペースで進めないといけないところとか、一週間のうちに五日間も通わなくてはならないところとか、嫌いな点はいくつもある。でも、そうやって具体的にあげられるものはどれも一番の理由ではなくて、一番我慢ならないことは言葉では説明しづらい。ただ、わたしが自分の神秘性を理解しているということ。たぶんそのことが、この嫌悪感、息苦しさの、一番のもとになっている。

浅く息をして周りのうるささに耐えながら、上履きに履き替え、階段を上り、今日の夜のことを考えた。お母さんはパートを早番で終えて、遅く起き出したお父さんと一緒に、わたしたちの誕生日のために素敵なごちそうを作ってくれるはず。生ハムの入ったサラダに、エビとチーズがたっぷりのったピザ。大きな肉のビーフシチューに、ふわふわのマッシュポテト。ケーキは毎年同じ、近所のお気に入りのケーキ屋さんのホールケーキだ。ふだん食べるなら果物のタルトのほうが好きだけど、誕生日だけは真っ白な生クリームとイチゴののった、スポンジのケーキがいい。名前の書かれたチョコのプレートは弟にあげてもいい。でもろうそくを吹き消すのは、絶対にわたしの役目。

誕生日のことは心の底から憎んでいるけれど、誕生日のごちそうだけはまた話が別。すべてがわたしのために作られたわたしの好物。なにより素敵なのは、弟の好物はひとつもないというところ。

「ケーキ、楽しみだな」

同じことを考えていたのか、彩が言った。

プレゼントは本当に絵の具かもしれない、と思う。彩が予想したとおり。絵の話題を出したときの母が見るからに嬉しそうだったから。さっきは一瞬がっかりしてしまったけれど、もらえたら、きちんと喜んでみせなくては。純粋な子供らしく。無垢《むく》な少女らしく。ちゃんと、彩みたいに。

「おはよう亜耶ちゃん」

正面に人影が立って、わたしは伏せて歩いていた顔を上げた。わたしよりも頭一つぶん背の高いその顔を、一瞬で気持ちを切りかえて、見上げる。

「おはよう、日奈《ひな》ちゃん」

わたしがそう返すと、日奈ちゃんは今日もなにかを許されたみたいな顔で笑った。

「お誕生日おめでとう、亜耶ちゃん」

朝の会が始まるまでの短い時間で、日奈ちゃんはもう三回もその言葉を口にしている。日奈ちゃんとわたしは五年生で初めて同じクラスになった。一緒に過ごすようになってまだ一ヶ月も経《た》たないけれど、彼女がどういう子なのか、わたしにはもうすっかりわかっている。

「ありがとう」

笑顔を返すと、隣で彩が「三回目」とささやいて、くすくす笑った。

日奈ちゃんは沈黙の時間をなによりも恐れている女の子。空白の訪れる気配を感じるだけで、先回りするように絶えずなにかを話し出す。話題が見つからなければ、同じ話を繰り返す。彼女は去年の終わりに、都会にある私立の学校から転校してきた。家族ごとこの地方の町に越してきた理由は、日奈ちゃんが学校でいじめにあったから。主犯の子の保護者に対して彼女の両親は訴訟を起こしていて、今も裁判の途中だと、日奈ちゃんはどこか他人事《ひとごと》みたいに話した。

クラスで二番目に背が高くて、美容院でカットしているという髪はいつも整っていて、着ている服は高校生や大学生の人が見る雑誌に載っているような、子供だましじゃない、本当におしゃれできれいなもの。五秒以上黙っていることができて、こちらがノイローゼになるほど同じ話を繰り返すことをやめられるのなら、日奈ちゃんはとても素敵な女の子なのに。

担任の先生が前の扉から現れ、みなに席に着くようにうながすと、日奈ちゃんはほっとしたように自分の席へと戻った。日直の号令に合わせて、みなが「おはようございます」と声をそろえる。わたしは黙っている。先生が嫌いなので。

先生は「おはようございます」と返しながら、みなの顔をぐるりと見渡して大きな笑みを浮かべた。その顔に書いてある。先生はみんなのことが大好き、このクラスが大好き、このクラスみんなの先生でいられることが、とってもうれしい。慈愛に満ちて光る目が、きゅっと細められる。五年生の始業式の日にその顔をしている先生を見た瞬間に、わたしはこの人のことがもう嫌いになった。顔を合わせたばかりのみんなのことをすぐに大好きになる人間のことなんて、好きになれるはずがない。だって、わたしは「みんな」じゃないし。

でも、わたしが先生を嫌う理由はそれだけじゃない。表情が気に入らない、なんて理由だけで、わたしは朝の挨拶《あいさつ》を無視したりはしない。もっと決定的なできごとがあった。二週間前の放課後、他には誰もいない夕暮れの教室で、先生はわたしを侮辱して、わたしの父を侮辱して、わたしたちが持つ芸術家の魂を辱《はずかし》めた。

「そうだっけ？」

彩がちいさく首をかしげつぶやくのを、わたしだけが聞く。

「そうだよ」

彩にだけ聞こえる声で返しながら、前に立つ先生の、少し肉のついたあごのラインを睨《にら》んだ。あのときのことを思い返すと、今でも新鮮な気持ちで腹がたつ。そのあごを殴りつけて、つやのない肩までの髪を強く引っ張って、泣かせてやりたい。でもこの教室で、わたしはいつだって背筋をまっすぐにのばして、毅然《きぜん》としている。

三時間目の授業が終わるころになっても、なにも起きなかった。去年の誕生日と同じだった。教室の窓から外をながめていると、なんどか遠くに鳥の黒い影が見えたので、そのたびにじっと見つめた。けれど影はこちらに近づいてくることはなく、それは魔法の手紙をくわえたふくろうなどではもちろんなかった。当然のことだ。

だからその騒ぎは、今日がわたしの誕生日であることとはまったく無関係に、三時間目の休み時間に起こった。次の時間は音楽で、音楽室への移動のため、教室の中はざわざわしていた。わたしは最初、騒ぎに気がつかなかった。そのときわたしは自分の席で、リコーダーを片手に絶えず話し続ける日奈ちゃんに相づちを打っていたから。

久保田《くぼた》という男子がいる。

頭はよくない。足も遅い。面白いことが言えるわけでもない。特に朗らかだったり、努力家だったり、真面目だったり、センスがよかったり、顔がきれいだったり、ひとを安心させる雰囲気を持っているでもない。それでいて、彼は目立ちたがり屋だった。

わたしは一昨年も久保田と同じクラスだった。休み時間にも、授業中にも、彼はことあるごとに大声で冗談を飛ばして、それがことごとくつまらなかった。つまらないだけならまだしも、彼が口にするのは幼稚で、人をいらつかせたり、白けさせたり、うんざりさせたりする種類のジョークが多かった。クラスの本当にセンスのある子が、なにかシンプルな言葉でみなの笑いをとると、久保田はそこにすかさずしょうもない言葉をかぶせて笑いを殺した。みなが久保田を嫌っていた。というより、久保田に困っていた。なにかささいなミスをするたびに大声でつまらない茶々を入れるので、当時の担任の先生ですら久保田を嫌っているのが目に見えてわかった。大人にすら嫌われる彼を、みな、かわいそうにも思っていた。気の強い男子が「久保田は喋《しゃべ》るなよ」となじる声には、いら立ちの他に、ときどき哀れみがまじっているように聞こえた。本当にかわいそうなことに、久保田は絵もへただ。

それでも久保田も健康に成長して、みなと同じく五年生になる。またわたしと同じクラスになる。ふとした拍子に聞こえてくる久保田の冗談はあいかわらずうんざりするほどつまらなかったけれど、もう、クラスの注目を集めようと大声でそれを言うことは少なくなっていた。久保田は大人しく気弱な男子の小さな集団の中でだけ冗談を言って、ささやかな愛想笑いに満足する、平凡な男子になっていた。久保田は身のたけを知った。わたしは、久保田ですらきちんと成長するのだということに、少し驚いていた。永遠に子供だと思っていた同級生たちが成長していく。

キャア、という、女子の甲高い声が上がって、わたしは顔を上げた。とめどない日奈ちゃんの話に延々と相づちを打っていたので、すこし頭がぼうっとしていた。けれど、教室前方の廊下側の席で、悲鳴を上げた女子と、にやついた笑みを浮かべた男子の目線の先にいるのが久保田だということには、すぐ気がついた。

「久保田やベー」と、男子が言った。意外なことに、普段から声と態度の大きなその彼の浮かべている笑顔は本物だった。あきれや軽蔑《けいべつ》のまじった嘲笑《ちょうしょう》ではなくて、純粋な喜びや、興奮のにじむ笑顔。彼のようなタイプの男子から、久保田がそんな笑顔を引き出せるなんて。

なに？　と、クラスの視線が久保田の席に集まった。その気配に気がついたのか、背中を丸め、前を向いて座っていた久保田が振り返った。彼は笑っていた。みなの視線を受けて、そのいかにもうれしそうな笑みがもっと大きくなる。「なんだろう」と日奈ちゃんがちいさな不安そうな声で言った。日奈ちゃんも、他のほとんどの女子とおなじように、久保田が嫌い。

彩が立ち上がった。久保田の席に回り込むように近づく。わたしも彼女に続いた。久保田の背中ごしにちらりとのぞく、彼がひざの上に抱える袋の中身が気になったからだ。遠巻きにながめる子たちの視線をさえぎって、わたしはまっすぐに伸ばした美しい姿勢のまま、堂々と歩く。わたしは神秘性があり、特別で、気高い少女であるので、遠巻きに見ているだけのクラスメイトとは違って、こういうときにまごまご戸惑ったり怖気《おじけ》づいたりしないのだ。

近づくわたしを久保田が見た。うれしそうな笑顔のまま、「女子は見んなよ」と言った。わたしは答えなかった。久保田のような男子とは会話もしなければ、もちろん交渉をするつもりもない。最初に叫び声を上げた女子が、久保田の机から離れた。自分のグループの女の子たちが固まる教室の後ろに駆けていく。久保田の手がぴくりと動いて、つかんでいるものがちらりと見えた。自分たちが注目を集めていると知った声の大きな男子が、さっきよりも声のボリュームを上げて叫んだ。

「久保田がナイフ持ってきてるー！」

久保田の手の中にあるそれが、ちらっと銀色の光を跳ね返した。

マジで、やべー、と、すぐに久保田の周りを数人の男子が囲んだ。ピンク色に染まった久保田の耳、その横顔が陰にかくれる。わたしは踵《きびす》を返した。つまらない。

「ナイフだって」彩が面白そうに言った。「ナイフって、よく物語のなかに出てくるあれだよね？」

わたしは黙って席に戻る。スカートのしわを伸ばして、髪を整える。

「本当？」

日奈ちゃんが眉を下げて、わたしの顔をのぞき込んだ。

「ねえ、亜耶ちゃんたち、見たの？　本物のナイフ？」

「わからなかった」

「わからなかったけど、本物だと思うな。銀色に光ってた。久保田、すごくうれしそうだったし」

ばかみたい、と思った。ナイフなんて。そんなもの、学校に持って来るなんて。

久保田は身のたけを知って、少し大人になったのだと思っていたのに。そうじゃなかった。自分がみんなから注目を浴びるに値する人間じゃないということを、理解して受け入れたわけじゃなかった。彼はきっと、面白いことで注目を集められないなら、過激なことで注目を集めればいいと考えたのだろう。ナイフを持っているということが、危険でクールなことだと考えた。それを見せびらかしたくて、わざわざ学校に持ってきたんだ。久保田の考えることなんて手に取るようにわかる。ばかばかしくて、いらいらする。

「ねえ、先生に言おう。怖いよ、刺されるかも」

日奈ちゃんは真剣な目で言った。刺される、という発想がわたしにはなかったので、少しおどろいた。わたしは刺されるのなんてこれっぽっちも怖くない。久保田がわたしを刺したりなんてできるはずがないのだ。絶対に。

「あのナイフが欲しいな」

彩が言った。わたしはそれを無視して、「そうだね……でも、あの子たちが言うんじゃないかな」と日奈ちゃんに答えた。

振り返って、最初に叫び声を上げた女子を見る。大人しくて、冴《さ》えない感じがして、ちょっとまぬけっぽい顔の子だ。彼女たちのグループは顔を寄せてなにかささやき合いながら、教室を出ていくところだった。そう、教室移動だ。わたしたちも行かなくては。

不安そうな日奈ちゃんをうながして、わたしたちはリコーダーと教科書を持って席を立った。教室の前のほうでは、まだ数人の男子が久保田を囲んで一本のナイフにはしゃいでいた。

音楽室のある、南校舎の三階を目指して並んで歩く。渡り廊下の大きな窓からは、四月の太陽の光がたっぷり射し込んでいた。ここを歩くたび、父のアトリエの天窓を思い出す。四角く切り取られた光の中の、父の描いたわたしの絵を思い出す。

廊下を渡りきったところで、日奈ちゃんが大きなため息をついた。教室から離れるにつれ、彼女の不安は嫌悪に変わったようだった。

「逮捕してほしい、ああいうやつ。本当に嫌だ」

絵のことを考えていた頭を切り替えて、わたしは、そうだね、と相づちを打つ。

でも、久保田は逮捕されない。きっとあの女子たちに告げ口されて、先生から呼び出しを受けたり、親も呼び出されたり、人を傷つけることの罪深さみたいな説教を受けたり、もしかしたら教室で、みなの前でつるし上げられちゃったりして、自分が世界一ださい子供だと知ることになるんだろう、久保田は。でも逮捕はされない。

「すぐに先生が没収するよ、ナイフなんて」

そう言いながらわたしは、ああ、没収されることになるのなら、さっきもっと、それを見ておけばよかったかもしれない、と気がついた。

だって、本物のナイフを近くで見る機会なんて、めったにない。さっきは、そう、あきれてしまって、観察するという発想が出てこなかったけれど。観察は、絵を描く上で一番大切なことのひとつだと、父が言っていた。わたしだって、今描いている絵の片隅に、ナイフを描くことがあるかもしれないのだ。あらゆるものを描く可能性がわたしにはある。だからわたしは、あらゆるものを注意深く観察しなければならない。その自覚に、まだ欠けていたみたい。芸術家としての自覚に。

「彩はナイフを見た？」

わたしは彩にだけ聞こえる声でささやいた。日奈ちゃんには、わたしが絵を描いているということは話していない。それは、誰にでも話せるほど軽々しいことではないから。すべてをきちんと理解できる人にしか話したくない。わたしが父の絵のモデルを務めていることは、日奈ちゃんも知っているけれど、それはもう、みなが知っていることだから。

「彩？」

「ねえ、久保田ってみんなに嫌われてるよね。亜耶ちゃんも嫌でしょ？　わたしも本当に嫌い。どうして自分から嫌われるようなことするのかな。ああいうことするから嫌われるって、自分でわからないのかな」

振り返る。彩の姿がない。歩いてきた廊下、ロッカーのかげ、階段への曲がり角。目の届く範囲すべてに視線を走らせてみたけれど、そのどこにも、彩はいない。先に行ったのだろうか、と音楽室への上り階段をのぞいてみたけれど、そこにも彼女の姿はなかった。背中まで伸ばしたふわふわの髪や、折れそうに細い白い腕や、傷の浮かぶむき出しの足がない。それで、はっと気がついた。彩は、「あのナイフが欲しい」と言った。あの子は、欲しいものを我慢なんてしないのだ。

「日奈ちゃん、ごめん、わたし保健室に行く。頭が痛くて」

「え」

足を止めたわたしに、日奈ちゃんは不安そうに目を泳がせた。

「大丈夫？　一緒に行くよ」

日奈ちゃんは、ひとりになることが怖いのだ。気の毒だとは思ったけれど、今は気を使う余裕はない。

「ううん、ひとりで平気。日奈ちゃんは、わたしのこと先生に伝えてくれると助かるんだけど」

「え、うん」とうなずいた日奈ちゃんにそれ以上なにか言われる前に、わたしは踵を返して彼女を置いていく。来たルートをそのまま引き返して、けれど、やっぱり彩の姿はどこにもない。北校舎への渡り廊下にさしかかったとき、複数のばたばたという足音が聞こえてきた。耳につく、甲高くうるさい声も。

「やベー遅れる！」

「久保田のせいだぞ」

「絶対言うなよ。誰も。わかってるよな」

わたしはとっさに一番近くにあった男子トイレの入り口に身を隠した。上履きを鳴らしながら、男子の集団が駆け抜けて行く。念のため、数秒待つことにした。

男子トイレには誰もいなかった。手洗い場の上の鏡が、わたしの姿を映している。十一歳になったわたしの姿。わたしはそこに、神秘性を持った、特別な少女の像を見る。廊下を慌ただしく走っていった男子たちとはなにもかもちがう。なんといっても、わたしの家族は、父がわたしを描いた絵でごはんを食べているのだし。

もう始業のチャイムが鳴る。わたしはトイレを出て、悠々と廊下を歩いた。教室の扉を開けたとき、ちょうど頭上のスピーカーから鐘の音が流れた。誰もいなくなった教室には、視界を遮るものや光を遮るものがなにもなくて、空の青さが真っすぐ見えた。並んだ机にも、よく晴れた空が映りこんで光っている。静かな教室の静かな空気を胸に吸いこむと、気分がよくなった。わたしはもしかしたら、学校が好きなのかもしれない。他の子供も大人も誰もいない、わたしひとりのための学校なら。

そこにはやっぱり彩がいた。教室の真ん中、机の海の真ん中で、手にはやっぱりナイフを持って、こちらを見てうれしそうに笑った。ぜんぶ予想どおりだ。彩のことならなんでもわかる。彼女はわたしの予想を超えるような行動なんてしないのだ。

「泥棒」わたしは言った。

「見て、すごくきれいなナイフだよ」

彩はいかにも無邪気な笑顔を浮かべながら、手にしたナイフをひらひらと振って見せた。銀色で、平べったい刃《は》。背中の部分がカーブしている。映画やドラマの中に出てくるものと何も変わらないけれど、彼女の手で握られているそれは、ちょっと冗談みたいな感じに大きく見えた。

「どうしてそんなものが欲しいの？」

わたしはたずねた。

「だって、誕生日だもん。特別なものが欲しいって、ずっと思ってたの」

「ナイフなんて、特別かな？」

「うん。すごく素敵」

そう言われてみると、ナイフを手にした彩はなんだか特別な女の子に見えた。もともと特別な女の子なのだ、わたしたちは。それが今、よりいっそう素敵に見える。ひとりきりの教室で、誕生日で、ナイフを持っている。

「でも、お父さん以外から盗むのって、本当はよくないんだけど」

「お父さんから盗むのだって本当はよくないでしょ?」

彩はめずらしくちゃんとしたことを言った。正論というやつ。「うーん」と、わたしはため息をついて考えるふりをしながら、もうそのナイフをいただこうと決めていた。なんといっても今日は、誕生日なのだし。

「しょうがないね。もらっちゃおう」

「やった。うれしい」

「わたし、保健室に行かなくちゃ。日奈ちゃんにそう言っちゃったから」

「わたしも行く。ねえ、ナイフはどこにしまおう。隠さなきゃ」

「スカートの後ろに。かして」

彩に差し出されたナイフと、そのちいさな子供の手をあらためて見た。それでふと、いつか本で読んだ、子供とナイフが出てくる古い物語を思い出した。お母さんの本棚から借りてきた本の中にあったお話だ。幼い子供が、さらに幼い子供をナイフで殺す話。あれはすこし、怖くて嫌な話だった。子供向けの本ではなかったのかもしれないと、読んでから思った。

　彩と並んで、一階にある保健室までの階段を下りる。踊り場に着くたびに足を止めて、窓の外をながめた。鳥の影はなかった。ふくろうの手紙を受け取るとしたら今がまさにそのチャンスであるように思うのだけれど、もちろん本気でそんなことを信じているわけではない。廊下までもれ出てくる授業の声、ふいに起きる笑い声なんかを遠くに聞きながら、それでもわたしは窓の外を丁寧にみつめた。彩は機嫌がよさそうで、ちいさく鼻歌を歌っている。そうやってだらだらとたどり着いた保健室には先生の姿はなくて、一番奥、窓際のベッドに勝手に横になった。

　彩が窓を開けた。わたしも彩も保健室が好きで、ここで過ごすことに慣れている。わたしはいつもどおり、ベッドの回りのカーテンを閉めて、自分だけの世界を作った。校庭から聞こえる、声と、笛と、風の音を感じながら、目を閉じる。誕生日の午前中が終わろうとしている。

　東郷《とうごう》さん、という柔らかな声に目を開いた。

　カーテンが薄く開いていた。隙間《すきま》から、白衣を着た養護の先生が顔をのぞかせている。白髪の混じった前髪を、いつも安っぽい大きなクリップで留めているおばさんだ。「大丈夫？　具合悪い？」と、穏やかな声が続く。この先生の声が好きだ。

「いえ」

そう答えて、自分が今、少し眠っていたことに気がついた。どれくらいの時間眠っていたのかは、うまく感覚がつかめない。

「えっと、頭が痛くてベッドを借りたんですけど、もう、大丈夫みたいです」

「そう、よかった」

先生は勝手に眠っていたわたしをとがめることなく、ただそう言って微笑《ほほえ》んだ。わたしは身体を起こした。

「今さっきチャイムが鳴って給食の時間だけど、教室で食べられそう？」

「はい」

ベッドから足を下ろそうとすると、先生は脇に上履きをそろえて置いてくれた。お腹が空いた。今日の献立はなんだっただろう。なんにしても、あまり給食の味は好きではないのだけど。

「お大事にね。また痛くなるようだったら、相談に来て」

「はい」

一瞬、今日はわたしの誕生日なんです、とこの先生に伝えたくなった。でも結局、なにも言わずに保健室を出た。ありがとうございました、と扉を閉めると、廊下の壁に背をつけて、もたれるように立っている彩に気が付いた。

「おはよう」

「おはよう」

わたしたちは並んで教室まで戻った。廊下、階段にまで給食の匂いがあふれてきている。もう、踊り場でいちいち立ち止まったりしなかった。立ち止まりたくなるような静謐《せいひつ》な空気、わたしたちが立ち止まる価値があると思える空気は、もうそこにはなかった。教室に戻ると、ちょうど給食の配膳中だった。わたしの姿を、日奈ちゃんがすぐに見つける。ひとりでいた時間がよっぽど心細かったのかもしれない。うれしそうに笑って、ごちゃごちゃと騒がしいクラスメイトの間を抜けてくる。

「亜耶ちゃん、大丈夫だった？」

「うん、もう平気。ごめんね」

「ううん、よかった」

わたしを見下ろす日奈ちゃんの目には、大きな安心。それから、ちょっとこちらを推し量るような、観察の視線がまじっている。わたしが信頼に足る友達なのかどうか、値ぶみするような。つまり、わたしがあまりに病弱で、たびたび保健室なんかに抜け出して、「友人」としての機能が損なわれることがあるのだとしたら、今後の付き合い方についても考えなくてはいけないかもしれないな、というような。

「お腹すいちゃった。一緒に並ぼう」

わたしはそんな視線はすっかり無視して、日奈ちゃんをうながした。廊下側に延びた配膳の列に並んで、久保田の机が近づいたとき、ナイフのことを思い出した。

「ねえ、久保田、どうなった？」

振り返り、日奈ちゃんにたずねる。

「あ、それね、男子の嘘だったって」

「嘘？」

「そう。あのね、授業の始めに、真理花《まりか》ちゃんたちがすぐ先生に言ったの。久保田がナイフを持ってきてるって。それで先生が確かめたんだけど、久保田の荷物からはなんにも出てこなくて。ナイフ持ってるとか、嘘だったんだって。ふざけて、ただ騒いでただけだって。真理花ちゃんたちにね、怖がらせてごめんって、謝ってた」

わたしは横目で彩を見た。彩は大きく笑ってわたしを見返す。久保田や騒いでいた男子たちは、ナイフを持ってきたのは嘘だった、と嘘をつくことにしたらしい。じゃあ、わたしたちがナイフを盗んであげて、彼らも助かったにちがいない。先生に見つからずにすんで。

「そうなんだ。バカみたいだね、そんな、嘘なんて」

「本当にそう。真理花ちゃんも、男子が騒いだから、そんな気がしただけじゃないかって。大げさだよね、叫んだりして。あ……でも亜耶ちゃんは、最初から疑ってたもんね。本物かどうかわからないって、ちゃんと言ってたよね」

日奈ちゃんは慌てたようにそう付け加えた。

「そうだっけ？　わたしもちょっと、本物かもって思っちゃってた。ごめんね、ちゃんと見ておけばよかった」

「ううん、そんな、最初に騒いだのが悪いんだよ」

日奈ちゃんは大げさに首を振る。きれいに切りそろえられたボブの髪が、顔の回りでばさばさと揺れた。

「真理花ちゃんたちさあ、誤解だってわかった後もなんか不満そうだったし。それってどうなのって思っちゃった。久保田とかのほうが、ちゃんと謝ってて、意外だったな。ちょっと見直したかも」

そっか、そうなんだ、と、わたしは当たりさわりのない言葉を返す。わたしの前に並んでいた彩はさっさと配膳を終えて、あまり心引かれない食べ物をのせたトレーを手に、席へと戻っていく。

ちらりとこちらを振り返った彩の唇が、ドロボー、と音もなく動いた。

でも、それがなんだっていうのだろう。

三階建ての、緑色の屋根の家。一番上の階、南側にあるのがわたしの部屋。三つある窓のうち、一番小さな窓際に置かれた机の、一番下の鍵のかかる引き出しの中に、これまでに少しずつ父から盗んだ画材一式が仕舞ってある。四号のカンバスがひとつ、セーブルの絵筆が二本。数種類の絵の具に、油の小瓶に、紙のパレット。

その隣に、ナイフを仕舞った。彩の手の中にあるときははっきりわからなかったけれど、柄《え》の部分には茶色と黒の木目模様が入っていて、ちょっとレトロでお洒落《しゃれ》なデザインだ。銀色の刃はゆるやかにカーブしていて、背中の部分の先端が、鋭く細く尖《とが》る。折りたたむと、ちょうど、わたしの手首から指先までと同じくらいの長さ。うちのキッチンにある、どの包丁よりも小さい。でも、どの包丁よりも鋭い。

そのさらに隣に、夕食の席で渡されたアクリル絵の具のセットを仕舞う。誕生日プレゼントはやっぱり画材だったけれど、油画《ゆが》のためのものではなかった。より扱いの簡単なアクリル画から始めてみるのがいいだろうと、父が選んでくれたのだ。十一歳のわたしにはまだ、油画は早いと。

パジャマの上にはおっていたガウンを脱いで、わたしはベッドに横になった。ご馳走《ちそう》をつめこんだお腹がまだすこし苦しい。時計を見ると、十時十分。いつもならもう眠っている時間。今日が終わろうとしている。誕生日が終わってしまう!

「素敵な誕生日だったね」

隣にもぐりこんだ彩が、幸福そうなため息とともにそうつぶやいた。

「日奈ちゃんにたくさんおめでとうを言ってもらえたし、ナイフが手に入ったし、夜ごはんはご馳走だったし、綺麗《きれい》な絵の具ももらえたし……」

安らかに目を閉じる彩の足を、わたしは強く蹴《け》った。そののんきな眠り顔が憎らしくてたまらなかった。十一歳の誕生日を迎えたというのがどういうことなのか、彩はちっとも真剣に考えていない。今日、わたしたちの誕生日にふさわしいできごとはなにも起こらなかった。去年の誕生日と同じ。ふくろうの手紙も来なかった。彩だってふくろうへの期待を口にしていたのに、そのことについて嘆いているのがわたしだけなんて、まったく不公平だ。魔法の世界からの手紙がこなかった。そんなばかばかしいことに、本気で傷ついているのがわたしだけなんてひどい。

彩は「痛い！」と抗議の声をあげたけれど、そのままぶつぶつと言いながら眠りのなかに入った。少し気がすんで、蹴って悪かったな、と思った。この子は馬鹿な子供なのだし、腹を立てたってしょうがない。そう、彩はまだ、純粋で無垢で美しい。

プレゼントも、油絵の具を貰えなかったことは不満だったけれど、父がわたしをまだ子供扱いしていることには満足した。父が描く絵の中のわたしは、今ここにいる、現実に生きているわたしよりも、少し幼い。

なぜかふと、昨日から読み始めた本のことを思い出した。なくしたものが戻ってくる魔法の国。そこに行ったら、わたしのなくした十歳も戻ってくるのだろうか。

「十歳はなくなったわけじゃなくて、今のあなたの一部になっているとかいう終わりだと思う」

目を閉じたまま、彩が言った。それは、いかにもありそうな結末。彩にも、そういうお説教じみた常套句《じょうとうく》というものがわかってきたみたい。ごたくはいいから、十歳を返して、と思う。

六歳のころには自分の神秘性を自覚していた。わたしは神秘的で、神聖で、なにか特別な力を秘めた穢《けが》れのない無垢な存在なのだとわかっていた。大人たちがわたしをそのように見ていたし、わたし自身も自分のなかにそんな特別な気配を感じとっていた。他の子供たちも無垢という点では同じだったけれど、わたしは他の子のように下品だったりうるさかったり馬鹿だったりはしなかった。そして特別で馬鹿じゃないわたしは、その神聖さが誕生日を迎えるごとにすこしずつ失われていくことにも気がついていた。

今日、十一歳になった。

わたしの神秘性は失われつつある。

どうにかしなければいけない。

まだ間に合ううちに、なんとかしなければ。

どうにかしてわたしはわたしの神秘性を守らなければならない。

2

　わたしの父は画家だ。絵を描いて、それを売って、お金を得ている。美しい絵を描くことが父の仕事。父の美意識によって、わたしたち家族は三階建ての家に住んで、ふかふかの温かいベッドで眠って、誕生日には大きないちごののった、生クリームのケーキを食べている。父の美意識がなかったら、きっと得ることのできなかった暮らしをしている。

　わたしがもっと小さかったころ、弟が生まれてまだ間もなかったころは、父は絵を描くだけではなく、そのころ住んでいた町のアートスクールで、人に絵を教える仕事もしていた。余生を楽しむお年寄りや、美大への受験をひかえた学生に絵を教えることを、父が気に入っていたかどうかはわからない。わたしの記憶の中で、仕事にでかけていく父はいつも眠そうで元気がなく、それでいて、スクールのなんとかさんの描いた絵の話をわたしや母にするときは、楽しそうで、うれしそうだった。

　数年前に、父はその仕事を辞めた。必要がなくなったから。ほかの仕事をするひまがないくらいに、絵を描く仕事が増えた。わたしたちはこの町に引っ越してきて、家の中庭には綺麗なアトリエ。母は早番と遅番が選べる新しいパートを始めて、弟は前の家の記憶も持たず、元気に育っている。父はわたしの絵を描く。何枚も何枚も描く。父は画家。わたしは神秘性をまとった特別な少女で、素晴らしい絵を描くための最高の題材。

彩は、幼いころからずっと一緒の、わたしの一番の友達。


「刺し殺してやろうかな」

ベッドの中、毛布を鼻の下まで引き上げてつぶやいた。彩はもう起き上がって、いつもの定位置の椅子の上で、ちいさく三角に座っていた。カーテンから射しこむ朝日がそのつま先を照らしている。学校に行きたくない。今日は特に。

「どうして?」

彩は首をかしげてこちらを向く。その手にはセーブルの絵筆がにぎられていた。そういえば、昨日出しっぱなしで眠ってしまった。一階の洗面台で洗った後、机の上で乾かして、そのままだった。

「大嫌いだから」

わたしは毛布を頭の上まで引き上げた。彩がこちらに歩いてくる気配がする。彼女がベッドに両手をついて、その体重にマットレスがへこむのを、わたしは確かに感じる。

「亜耶はどうしてそんなに先生が嫌いなの?」

「……彩にはわからないよ」

「どうして? どうしてわたしにはわからないの?」

「彩は……子供だから」

今日、わたしたちは担任の先生から呼び出しをうけていた。昨日の帰りぎわに、日奈ちゃんと話しているところに急に声をかけられて、明日の放課後、絵のモデルのことでちょっと話したいことがあるから、教室に残っていてほしいと頼まれた。担任は、原田《はらだ》という女の先生だ。背はそんなに高くなくて、ちょっとぽっちゃりした体形で、見るからに優しそうな、穏やかそうな顔をしている。クラスのみんなのことを心から愛している、というような表情で笑う。大嫌いな先生。

モデルのこと、と言われて、すぐに二週間前を思い出した。学期の始めに先生から言われた言葉を、わたしは絶対に忘れたりしない。先生は、わたしが父の絵のモデルを務めていることを、良く思っていないみたいだった。良く思っていない、というか、たぶん、理解がおよんでいないのだ。絵というもの、芸術というものについて。

――東郷さん、あなた、お父さんの絵のモデルって、嫌々やらされていたりしない？

先生はわたしに、そう尋ねた。わたしは本当にびっくりした。絵のモデルをするようになって数年が経つけれど、そんなこと、今までいちども、誰からも言われたことがなかったから。どう考えてみても、それは父への、そしてわたしへの侮辱だった。嫌々やらされているなんて。そんな可能性を思いつくなんて。わたしが芸術の偉大さを理解できていないとでも思っているのだろうか。絵のモデルを務めるということの栄誉を、わたしがわかっていないとでも？　それを嫌々だなんて、そんな発想が浮かぶということは、先生はどうやら芸術の意義、そのすべてを理解できていないみたい。大人なのに。世の中にはそういう大人もいるのだということを初めて知った。そんな大人は大嫌いだし、口をきくのだって嫌だ。でも……。

「亜耶だって子供のくせに」

「……そうだね。そうだ。そう」

そうなのだ。

芸術を理解しない先生の言うことなんて、わたしも理解する必要がない。俗な人間の、俗な想像力ではきだされた言葉なんて、まともに考えたりしなくていいの。わたしは子供なんだから。彩と同じ、特別な少女。

「それにね、先生も悪気はないと思うの」

そう思ったそばから、彩がそんな大人みたいなことを言った。

「それくらい、わかるけど……」

「先生は先生だから、クラスの子のことをいろいろ気にしなくちゃいけないんだし」

「うーん……うるさいなあ」

わたしは毛布をはねのけて起き上がった。ベッドの横に立った彩が、「おはよう」と笑った。

「おはよう」と答えながら、足をおろして裸足《はだし》のまま机に向かう。机の上には、やっぱり昨日広げたままの画材一式がそのまま置かれていた。きちんと仕舞わなくては。父にも、母にも、最近よく勝手にわたしの部屋に入ろうとする弟にも見られたくない。描きかけのカンバス。わたしはそこに、彩の絵を描こうとしている。父がわたしを描くみたいに。

父が描くわたしは、基本的に、壁を背景にひとりきり。ちょっとクラシカルな服を着て、いつも表情はない。今からもう五年も前、一番最初に描かれた六歳のわたしの絵を見て、偉い評論家の先生が絶賛した。『無垢な子供特有のどこか畏《おそ》れすら感じさせる神秘的な目がいきいきと描き出されている』、と。

亜耶が褒められたよ、と、父と母が嬉しそうに伝えてきたときのことを今でも覚えている。わたしは、畏れ、という意味がわからなくて、ふたりにたずねた。畏敬《いけい》の畏だよ、と教えられたけれど、それでもわからなかった。あのころは、わたしは今よりもずっと子供だったから。とてつもない素晴らしいものをうやまう気持ち、と説明されて、なんとなくわかった。今はもちろん、もっとよくわかっている。誰よりもよくわかっている。

畏れすら感じさせる神秘的な目。原田先生は、そんな目をもつこのわたしを見て、どうして嫌々描かれる無力な子供だなんて誤解できたんだろう。そんなふうに言うひと、今まで誰もいなかった。それだけじゃない。先生の言った「嫌々」という言葉の中には、もっとわたしの、少女的な部分、つまり、今のわたしが六歳ではなく、十一歳になったことによって現れはじめた、俗世間の目というか……そういう部分への言及も読みとれた。そういうことは、彩には絶対に読みとれない。そんなもの、わたしだって読むのをやめよう。わたしたちにはまるで関係のない話。

「あ、でも刺し殺すことはできるよね。久保田のナイフがあるもん。あれを使ったら、犯人は久保田だってことにできるかも。わたしたちが盗《と》ったってことは、わたしと亜耶しか知らないから」

彩は無邪気に、素晴らしいひらめきが浮かんだみたいに、目を輝かせて言った。わたしはすこし考えて、「だめだよ。指紋が残るし」と答えた。

「それに、先生は放課後わたしと話すっていうことを、他の先生とかにも話しているかもしれない。そうじゃなくても、日奈ちゃんが知ってるし。だから、放課後先生が死んだら、わたしが刺したってばれちゃう」

「うーん……そっか。じゃあ、だめかあ」

彩が本当に残念そうにうつむいたのが面白くて、わたしは少し笑った。つられて顔をふせると、カンバスにのった青色が目についた。セルリアンブルーとコバルトブルーのマーブル。その色で、彩のドレスを塗っている。きれいな色だ。静かで、深い海の色。

「でも、いちおう、ナイフは持って行ってもいいんじゃないかな。もしかしたら、チャンスがあるかもしれないし。そのほうが、なんだかちょっと、わくわくするし」

そうだね、とわたしは答えた。わたしが描いている絵に、彩は興味がなさそうだった。彼女はもともと、絵に興味がないのだ。でもそれは、芸術というものが理解できない先生とはちがって、ただ、彼女はそういう、人間の作りだす細かなあれこれを超越しているの。特別な子供で、神聖な少女。彩もわたしと同じ、無垢な子供特有のどこか畏れすら感じさせる神秘的な目をしている。わたしはそこに、芸術的才能まで獲得しようとしている。

どうでもいいことなのだけれど、今うちのクラスでは、真理花ちゃんが仲間外れにされ始めている。

真理花ちゃんはまったくおしゃれでなく、明るくもなく、ピアノが弾けたり、運動が得意だったりもしない、ふつうの子だ。どんな性格なのかはよく知らない。猫背で、いつもぼさぼさの髪をしている。声が小さくてぼそぼそ喋る。にぶくて、自分を守る能力もなさそう。そんな真理花ちゃんは先週、久保田が学校にナイフを持ってきていると先生に告げ口をした。けれど結局、久保田の荷物からナイフが出てくることはなくて、真理花ちゃんの気のせいだろうということで決着がついた。それでも彼女は絶対にナイフを見たと言って譲らなくって、一部の男子からひんしゅくを買った。一部の男子の中には声の大きな子や頭の良い子が何人かふくまれていて、彼らにひんしゅくを買うような女子の仲間だと思われることを、真理花ちゃんのグループの子たちが嫌がった。それで、彼女たちはここ数日、真理花ちゃんによそよそしい。よそよそしいっていうのは、あなたと関わりたくない、どこか遠くへ消えて、という気持ちの表れで、でも一般的な子供たちは、自分の意志でどこか遠くへ消えることができない。一般的な子供というのは、とにかく学校には行かなくてはいけないから。消えてほしい誰かが消えてくれないことも、消えてほしいと思われながら消えられないことも、たぶん同じくらいストレスで、だから今、きっとみんなが不幸せな気分。

ぜんぶ、わたしたちが久保田からナイフを盗んだせいだ。それで先生から怒られずに済んだ久保田だって、ナイフが消えてきっと不安に思っているはず。声の大きな男子のうちの誰かが盗んだとでも考えているかもしれない。少なくとも、わたしを疑っているということはなさそうだ。だから、いいんだけど。クラスの子供たちのあいだで起きているごたごたなんて、どうでもいい。わたしの抱えているものの大きさにくらべたら、どれも砂粒みたいにちいさな問題にすぎない。

でも、日奈ちゃんにとってはそうじゃないみたいだった。

「ねえ、あの子たちまた真理花ちゃん置いてってるよ」

休み時間、次の時間の体育のために着替えていると、日奈ちゃんが左の肩ごしにそっと耳打ちしてきた。振り返って、わたしは「あの子たち」が教室から出ていくところを見た。いつも真理花ちゃんと一緒にいたはずのあの子たちは、みなもう着替え終わって体育館へと移動するところだった。真理花ちゃんはまだ、自分の席で体操服に腕をとおしている途中。先週まではどこにいくにも必ず一緒のグループだったのだから、置いてってる、という日奈ちゃんの指摘はきっと正しい。真理花ちゃんを置いていくために、みんなで頑張って、急いで着替えたのだ。そういうことを頑張る子って、どこにでもいる。

「なんか、嫌だな。ああいうの」

日奈ちゃんが言った。

「うーん。まあ、薄情だよね」

わたしは肩をすくめてみせる。特に親しくもない、クラスの子供同士のトラブルなんて、やっぱり、どうでもいいなと思いながら。

「かわいそう。このままひとりになるのかな、真理花ちゃん」

体操服から顔を出して、日奈ちゃんはまだ真理花ちゃんのほうを見ている。体育のために着替えるのでも、日奈ちゃんはわざわざ私の席までやってくる。そういえば彼女は、前の学校でいじめられていたんだっけ、と思い出した。いじめっていうのはだいたい、ちょっとずつ始まるものなんだろうな、と思う。今の真理花ちゃんみたいに、いつも一緒にいた子たちに置いていかれるみたいな、そういうささやかな始まりが、日奈ちゃんにも起こったのかもしれない。

「声かけてみる？」

わたしはたずねた。日奈ちゃんは、「えっ」とおどろいたように目を見開いて、それから少し考えて、「それはちょっと嫌」と答えた。

「だって、ルリちゃんに嫌な顔されるかもしれないし」

ルリちゃんは、真理花ちゃんを置いていった「あの子」たちのボス。ぜんぜん弱い、お話にならない、ぱっとしない子たちのボスだけど、いちおう、ボスはボスだ。グループ内のそういう力関係は、わたしのような特別な子じゃなくたって、気をつけて見ていれば誰でもわかる。そして日奈ちゃんは特別な子ではないので、そういうふつうのことをふつうに気にするのもしかたがないことだ。

「それに真理花ちゃんって、ちょっと暗そうだし」

「そうだね。じゃあ、やめておこう」

着替え終えたわたしたちは、体育館へと移動した。体育では先週から体操の授業が続いていて、前回りや後ろ回り、三点倒立や側転を、どのくらいできるか、できないか、できていたとして、きちんと正しい姿勢ができているか、二、三人のグループになってお互いにチェックし合う。なにもかも先週と同じ。勝敗の決まるゲームがあるわけじゃないので、運動ができる子も、できない子も、あまり本気になったりしない、疲れない授業だ。だけど今日、好きな友達同士で自由にグループをつくってみれば、とうぜん真理花ちゃんはひとりぽつんと取り残されているのだった。簡単に予想できる、当たり前の、ふつうのことだ。

体育館の中にいてもわかるくらい、いいお天気だった。もうすぐ五月になる。長そでの体操服で前回りや後ろ回りをしていると、すぐに暑くなって汗をかいた。でも、もしかしたら真理花ちゃんは寒いかもしれない。彼女はルリちゃんたちが使っているマットのすぐ近くに立って、でも、声をかけるわけでもなくじっと黙っている。ルリちゃんたちは、真理花ちゃんのほうを見ない。あんなにすぐそばに立っている人間のほうをまったく見ずにいるなんて、なかなか根気のいることだと思うのだけど、彼女たちは真理花ちゃんに気づいていないみたいに、そもそもそこにいないものみたいにして、自分たちだけで前回りや後ろ回りをしている。日奈ちゃんと同じマットでわたしもぐるぐる回りながら、そんな様子をちらちら見た。

「ねえ、あの子がひとりぼっちだよ」

彩が言った。彩はとてもきれいな姿勢で倒立ができる。マットについた両手の間から逆さまに顔を出して、両足をつまさきまでまっすぐにそろえて、真理花ちゃんのほうを見ていた。「そうみたいね」とわたしは答えた。

先生はうるさい男子のほうにいた。うまくできない子や真面目にやらない子たちに声をかけながら、みんなが使っているマットの近くで見て回っている。でもきっと、こちらに近づいてきたところで、ルリちゃんたちのすごく近くに立っている真理花ちゃんがどんな状況にいるのかなんて、ちらっと見ただけでは気づかない。先生は、大人しい女子たちのことは、たいていちらっとしか見ないから。

「やっぱり仲間外れにしてる、ルリちゃん」

彩の隣で倒立をしていた日奈ちゃんが、くるりと立ち上がって言った。日奈ちゃんも倒立が上手。そして日奈ちゃんもやっぱり、真理花ちゃんたちを見ていたようだ。

女子たちはみんな気づいている。志乃ちゃんたちみたいな明るい子のグループや、春香ちゃんたちのダンスの上手《うま》い子のグループ、愛美ちゃんみたいなオタクの子たちのグループも、みんな気づいていて、なにも言わない。なにかを言わなくちゃいけないような義理はないし、真理花ちゃんはやっぱり、積極的にグループに加わってほしいタイプの子じゃないのだ。男子が気づいているかどうかは、知らない。気づいたところで、男子が真理花ちゃんに声をかけるなんてあり得ない。彼らにはそういう権利はないのだ。クラスの中にある、不文律でそう決まっている。どんなに頭の悪い男子だって、さすがにそれくらいのことには気づく。だからみんな、結局はルリちゃんたちと同じように、不自然にぼんやり立ち続ける真理花ちゃんなんてものは無視して、自分たちのマットで前回りを続ける。

だからわたしは、真理花ちゃんのところへ歩いて行った。他のすべての子たちと同じようにマットの上でぐるぐる回っているのが、なんだか急に悔しくなった。

回りたくて回っているわけではない。回れ、と言われて回っている。なんでこんなことをしなくちゃいけないんだろう。わたしは倒立ができない。前回りもときどき横に倒れてしまう。後ろ回りが一番得意だ。でも、それがなんだっていうの？　わたしは特別な子供なのだ。だから本当ならこんなことをやってるひまなんてないし、みんなが腫《は》れもの扱いする真理花ちゃんにだって堂々と声をかけるのだ。

「ねえ、こっちで一緒にやろうよ」

わざと、ちょっと大きな声で言った。ルリちゃんたちにも聞こえるように。ルリちゃんのグループの子たちが、みんな目だけでこちらを見た。驚いているのが手に取るようにわかった。

「え、……うーん、……うん」

真理花ちゃんは小さな声で、曖昧《あいまい》にうなずいた。やっぱりちょっと、にぶい子だ。でも、わたしが「あっちで日奈ちゃんとやってるの」と言って歩き出すと、静かに後ろをついてきた。体育館の壁際から日奈ちゃんのいるドアの横のマットまで歩く間、ずっとたくさんの視線を感じていた。ルリちゃんたちだけじゃなく、気づいていた子たちがみなこっちを見ている気がする。わたしは神秘的な目をまっすぐ前に向けて、きれいな姿勢で進む。わたしはクラスのなかにあるヒエラルキーなんてまったく気にしないし、誰のことだってぜんぜん怖くないのだ。

「優しいね」

隣を歩いていた彩が言った。別に優しくなんてない。実際、わたしが勝手に真理花ちゃんを連れてきたことで、日奈ちゃんを困らせた。残りの体育の時間中、彼女はずっと戸惑ったような顔をして、でも、いちおう真理花ちゃんの前回りや後ろ回りや倒立におずおずとアドバイスをしたりして、ちゃんと一緒に授業をやった。真理花ちゃんがどんな気持ちだったかは知らない。彼女はわたしよりずっと体操が下手で、後ろ回りすらまともにこなせなかった。ぐにゃぐにゃとマットを転がる真理花ちゃんを見て、彩が面白そうに笑った。

ナイフは鞄《かばん》の中にある。放課後、先生は教室前方にどっしり置かれた灰色の教員用デスクに座って、わたしたちは彼女の前に、近くの椅子を引っ張ってきて座った。わたしは鞄を膝の上にのせた。いつでもナイフを取り出して、先生を刺せる。でも、もちろんそんなことはしない。ちょっと考えたのだけれど、神秘性をもった子供というのは、そんなありふれた、誰もが使える暴力に頼ったりしないものだ。

教室から他の子供が誰もいなくなるまで、ちょっと時間がかかった。その間、先生は特に意味のない、中身のない、時間稼ぎのための話題をわたしに振った。「今日の給食のカレーはすごく美味《お》しかったよね？」とか、「今日は体育があったからちょっと疲れたよね？」とか。わたしは、「はい、おいしかったです」とか、「いいえ、大丈夫です」と礼儀正しく答えながら、だんだんいらいらしてきた。誰もいなくなってから話がしたかったなら、特別教室とか、面談室を予約していてくれたらよかったのに。わたしの時間は、絵を描くための大切な時間、絵に描かれるための大切な時間なのだ。ひとを呼び出すのなら、それくらいのことは想像して、敬意を払ってほしい。

「先生、さようならー」と、残っていた最後の一団が出ていくと、ようやく教室は静かになった。彼らはドアを通り抜けるとき、ちらっと振り返ってわたしを見た。わたしがなにか特別な理由でこの場に残されていることに勘づいて、興味をもったような目だった。それで少し気分がよくなって、長く意味のない話をされたいらいらが少しだけおさまった。

「あのね、それでだけど……」と、先生はもぞもぞと椅子に座り直す。わたしはまっすぐの姿勢のまま、動かないでいた。

「そう、あの、身体を動かすのも大変だけど、ずっと同じところでじっとしているっていうのも、大変じゃない？　あ、東郷さんの、モデルの話ね。つらくないかなって、思ったの。そう、それでね、今日はまたお話を聞きたいと思って」

とても自然な会話の流れだと信じているような口振りで、先生は言った。

「いいえ、それは別に大丈夫です。本を読んだりしてるので」

「本？　どんな本を読むの？」

「えっと……いろいろですけど。最近は、『イマジナリーフレンドの不思議』、とか」

わたしはずっと前に読んだ、ノンフィクションの本の題名を答えた。今読んでいる童話は、愛読書として挙げるには、少し、ふつうの子供っぽすぎる気がしたから。失くしたものが戻ってくる魔法の国の話。今は魔法の国にたどり着いたお姫様が、亡くした猫とそっくりな猫に出会い、戸惑っているところまで読んだ。

「読書家なんだね」

特に興味をひかれないタイトルだったようで、先生はそれだけ言ってうなずいた。「えっと、それでね」と続ける。

「つらくないって、そう、前も言っていたよね。うん、それはすごいことだと思う。誰もができることじゃないもの。それにそう、先生ね、東郷さんがモデルの絵を見たんだ。すごく綺麗だった。本当に、すごいなあって思った。だからね、東郷さんが自分でやりたくてモデルをやっているなら、それはもちろん素晴らしいことだって思うんだけど、でもね、やっぱり……大人の目線から言わせてもらうと、心配なこともあって。ほら、うちの学校って、芸能活動とかは全面的に禁止にしてるでしょ？」

わたしは隣に座る彩を見た。彩は機嫌のよさそうな顔で、先生を見ている。

「ジュニアアイドルとかやりたがる子もいるけど、ぜんぶ禁止にしてるのは、やっぱり危ないからなんだよね。東郷さんももう五年生だし、女の子だから、そういう危なさってわかると思うけど。そういう、写真を撮られたりってモデルと、絵のモデルって、ちょっと似てる部分もあるかと思って」

「わかる？」と、わたしは彩にだけ聞こえる声できいた。彩は「わかんない」と答えた。

「すみません、よくわからないです。なにが危ないのか」

　わたしは彩のしぐさを真似して、首をかしげてみせた。

「ああ、うーん、そう……。なんていうのかな……。やっぱりね、変な大人っているわけよ。だから、そういう華やかなとこからね、犯罪に巻き込まれたり」

「わたしの父は、変な大人じゃないと思います」

「ああ！　違う違う、東郷さんのお父さんがそうだってわけじゃなくて。たとえばその……、周りのひととか、いえ、周りに限らずね、どこにいるかわかんないのよ、変な人って。でもほら、そういう人に会ったとして、そういうのって、言い出しにくいじゃない？　だからその、いちおうヒアリングっていうか、嫌な目にあったことがないかどうかとか、ちゃんと聞いとかなきゃ駄目じゃないかって、その、先生たちの間で話に出たりしてね、そう、だから東郷さんのお父さんがどうのとかでは、ぜんぜん」

　早口で話す先生を見て、彩がふふっ、と噴き出した。だからわたしも、同じように笑った。あせった顔をしていた先生も、それを見て、つられたように笑った。

「わからないですけど、大丈夫です。嫌な思いをしたことはないので」

　先生が心配するようなことはなにも、わたしの世界には起こらない。変な大人なんていうものは、わたしには近づくことさえできない。このひとにそれを説明することは無駄と感じて、わたしは彩を真似したまま言った。

「そう……うん、わかった。それならよかった。でもね、もし嫌な思いとか、不安な思いをするようなことがあったら、先生に相談してほしいと思ったの。それを、今日伝えたくて。モデルやってる子なんて、他にそうそういないでしょ。だから、相談できる相手もなかなかいないんじゃないかなって」

「はい」

絵のモデルをつとめられる子なんて、そうそういるはずがない。ペトロールの石油の匂いも、絵の具を含んだ絵筆の重さも、ぴんと張られたカンバスの手触りも、ふつうの子は知らないものだ。わたしは失礼な笑い方をしてしまいそうになるのをこらえながら、うなずいた。彩は笑顔のまま、「いい先生だね」とつぶやいた。

「だから、嫌な思いをすることがあったら、なんでも相談してね」

先生は丸い顔をもっと丸くしようとしているみたいに、口角を上げた。物語の中の、優しい魔女みたいな笑顔。その顔をながめていても、二週間前ほどには腹が立たない自分に気がついた。先生は、わたしにとってはまったく的外れな存在。けれど、わたし以外の普通の子にとっては、彩の言うとおり、もしかしたら熱心で、良い先生なのかもしれない。

はい、大丈夫です、と答えようとして、ふと思いついた。先生の考えていることとは違うかもしれないけれど、嫌な思い、について、思い浮かぶことがあった。

「先生、思い出したんですけど、ひとつ相談してもいいですか」

「え！　もちろん。なに？」

「あの、うちのクラスの真理花ちゃん、今ちょっと、孤立してるみたいです。仲良かった子たちが離れちゃって、ひとりでいることが多いです。別にひとりでも、いいと思うんですけど、ひとりでいると困るとき……体育とか、家庭科のグループとか、そういうのを作らなくちゃいけないときとか、ちょっと大変そうで」

先生に何かができるなんて、心から思ったわけではない。狭い教室の中で無理やり一緒に過ごすわたしたちを、ただ馬鹿みたいに仲良くさせる魔法なんて、先生には使えない。それでも、とりあえずそういう状況が今あるということを先生が知っているだけで、少しはなにか、気を配ってもらえることがあるんじゃないかと思った。ひとりぼっちの子でも快適にすごせるような環境を、先生ならつくれるかもしれない。けれど、わたしの話を聞いた先生が浮かべたのは、予想したものとはちょっと違う、戸惑いの顔。それからすぐに、困ったような笑顔になった。

「そうなの……そう。そっか、女の子って、そういうのが大変だよね」

先生はがっかりしたふうだった。先生がわたしの口から聞きたかったのは、どうやらこんな、クラスの中のごたごたではなかったらしい。真理花ちゃんがちょっぴり仲間外れ、という件については、先生はそこまで熱意をもてないみたい。まあ、そういうのって、面倒くさいしね。

それでも一応、気持ちを切り替えるように、先生は大きく頷《うなず》いた。

「わかった。もっと良いクラスになって、みんなで仲良くできるように、先生頑張るから。教えてくれてありがとうね」

ああ、いえいえどうも、と、わたしは首をかたむけた。ついでに横目でちらっと彩を見ると、彼女もわたしと同じように首をかたむけて、「だめな先生だね」と言った。それでわたしは「いろいろ心配してくれて、ありがとうございました」と話を終わらせて、それ以上なにか言われる前に立ち上がった。

「ううん、そのために先生がいるんだから。東郷さんはすごく優しいんだね。自分のことよりも、クラスの子のことを気遣って。本当に、いつでも助けになるから」

わたしたちは先生の言葉を最後まで聞かずに、鞄を手にドアへと向かった。彩が軽い足取りで、先に廊下に出た。

「さようなら」

教室を出るとき振り返ると、先生はまだ自分のデスクに座って、優しく、感じよく笑みを浮かべていた。まったく神秘性を感じさせない、平凡な笑みだった。わたしは今後あらゆる絵を描く可能性があるけれど、先生を描くことだけは絶対にないだろうな、と思った。

さようなら、と答えて扉を閉めた。廊下に出ると、彩がいなかった。

右手を見ると、まっすぐ続く誰もいない廊下。左手を見ると、すぐ階段がある。靴箱まで続く下り階段と、屋上へと続く上り階段。屋上への扉は一年中ずっと施錠されている。でもなんとなく、彩ならそちらにいる気がして、わたしは静かに階段を上った。短く一度折り返して、また少し上ると、すぐに扉。彩の姿はなかった。扉に手をかけると、重たく固そうに見えたその取っ手は、意外にすんなりとまわった。でも、押しても引いても、ガタガタと金属のぶつかる音がひびくだけで、開かない。やっぱり鍵がかかっている。

「なにやってるの？」

後ろから声がした。振り返ると、階段の下に彩がいた。胸の前で鞄を抱えてこちらを見上げている。

「急にいなくなるから。もしかして屋上にいるのかと思って」

「屋上は閉まってるでしょ？」

「うん。でも、もしかしてと思って」

「屋上、行ってみたいね」

「うん」

「鍵を盗む？」

「うーん……だめ」

わたしは扉からはなれて、階段を下りた。見下ろすと、彩のたたずむ場所が薄暗く見えて、目がぼやける。屋上に出られるかもしれないと思って、もうその明るさを想像していたせいだ。屋上に出たことはないから、そこがどんな場所なのか本当のことは知らないけれど、ずっと思い描いているイメージがある。頭の上にすぐ空があって、風が吹いていて、縁《へり》には手すりがあって、その向こう側にも空がある。とても気持ちがよくて、美しい場所だ。想像の中の明るさになれた目に、廊下は暗い。

「なんだか、走りたい気分」

突然、彩が言った。え？　と聞き返したときには、彩はもう数段を跳んでいて、着地と同時に、南校舎へ続く渡り廊下を軽やかに駆け出していた。

「彩！」

わたしは彼女の背中を追って走った。彩はわたしよりも足が速い。「なんで走るの！」と、ぜんぜん追いつけない後ろ姿に叫ぶように聞いた。

「走りたい気分なの！」

彩が叫び返す。楽しくてたまらないような、弾んだ声に聞こえた。前を向く顔は見えないけれど、顔中に笑みを広げたその様子が簡単に想像できる。彩の栗色のふわふわの髪が、走るのに合わせて左右に揺れた。廊下を走ることはもちろん禁止されているけれど、そんなことはわたしたちには関係ないのだ。ただ、走りたくて、走って、笑っている。わたしも少し楽しい気がしてきた。スカートが足にまとわりつく。

特別教室の多い南校舎三階には、北校舎と同じく人の気配がなかった。渡り廊下の突き当たりを、彩は左手に曲がった。まだ立ち止まらない。それでわたしは追いつくことをあきらめて、速度をゆるめた。ふと、ある考えが頭に浮かんだ。さっき、一瞬姿が見えなくなった間に、彩は教室に戻って先生を刺し殺したかもしれないな、というひらめきだ。でも、そんなことあり得ないとわかっている。そういうことをする必要は彩にはないから。彼女は走りたいときに走ることができる少女なんだから。

「彩、待って」

もうほとんど普通に歩きながら、わたしは言った。たぶん彩には聞こえなかった。その背中はもう、長い廊下の突き当たりにたどり着くところだった。そこでやっと足を止めて振りかえる。奥の教室の扉に手を置いた彩と目が合った。その目は笑っていなかった。真剣な顔をしていた。その扉、そこは美術室だ。

「この中に入りたいな」

声の届く距離まで近づくと、彼女は言った。美術室はわたしも好きだ。木の椅子と大きなテーブルがあって、どこもかしこも絵の具で汚れたり、彫刻刀で削った跡があったりする。でも、残念だけど、放課後はそこにも鍵がかかっている。わたしたちが好きな場所、行きたいと思う場所には、たいてい鍵がかかっているのだ。

そう告げると彩は肩を落として「残念」とつぶやいた。帰ろう、とわたしは声をかけた。帰って、絵の続きを描けばいい。そうすれば、先生や学校のことなんてすぐに忘れて、芸術の世界に行ける。

「うーん、わかった。帰ろう」

彩は左手の階段に足を向けた。踊り場まで下りて、突き当たりの窓を開けると、その胸の高さのサッシに両手をついた。身軽に身体を持ち上げて、窓枠に足をかける。そしてこちらを振り返ると、「近道」と言って笑った。

三階から二階へ下りる階段の踊り場。その窓からは、右手にグラウンドが見えるはずだ。真っ直《す》ぐ見下ろすと、広い中庭。正面には北校舎の窓が並ぶ。わたしがなにか言う前に、彩は窓枠から身軽に跳んだ。四角い窓の向こう側に、そのシルエットが消える。わたしは急いで窓枠をのぞいた。中庭、窓のほぼ真下に置かれたベンチの脇に、彩は背中を丸めて着地していた。見ていると、彼女はなめらかに立ち上がり、こちらを見上げてにっこり笑った。

「おーい！　ね？　近道でしょ」

グラウンドからは、なにかスポーツをしている子供たちのかけ声が聞こえる。中庭にも下の学年の男の子たちが何人かいて、小さなボールを追いかけまわしていた。正面の窓には、誰の姿も見えない。さっきまで先生と話していた教室は短くカーテンがひかれて、その辺りを隠している。

「亜耶もおいでよー」

もういちど下をのぞくと、彩がこちらに手を差し出していた。近道なんていったたって、結局上履きを履き替えに北校舎に戻るのだから、普通に校内を通ったって距離はそう変わらない。彩はただ、高い所から飛び下りるのが楽しくてそうしただけなのだ。あの子はそういう女の子。とても自由。誰よりも自由。

でも、わたしは下を見おろしながら、考えていた。これは、窓から跳ぶっていうのは、果たしてわたしにふさわしい行いだろうか、と。神秘性を持った子供は、あんまりこういうことをしないような気がする。窓から跳んで着地してみせるっていうのは、すこしアグレッシブすぎるというか、神聖さから離れる行動じゃないだろうか。でもちょっと、特別な感じはする。元気があるだけの馬鹿な子供たちは、よく校庭の遊具からジャンプをしたりして遊んでいるけれど、二階の踊り場の窓から跳ぼうというのは、それとはけた違いの勇気が必要だ。わたしにはもちろん勇気がある。特別な少女というのは、だれよりも勇敢なものだと決まっているから。慎重に考えて、決めた。わたしは彩がやったのと同じように、窓枠に手をかけてよじ登った。

「どいて」

下に向かってそう声をかけた。わたしは視力がいいから、こちらを見上げる彩の目に空が映っているのまではっきり見えた。途端に重力を感じる。落ちる、という予感が両手の指さき、両足のつま先にまで広がって、力がこもる。「はやくー」と、彩が呼んだ。わたしが跳ぶつもりでいるとわかって、すっかり楽しそうだ。無邪気な子。わたしは彩がうらやましい。

「亜耶ー！　はやくおいでよ」

こういうとき、ぐずぐず躊躇《ちゅうちょ》する姿をわたしは絶対に見せたりしない。先に靶を落として、それから短く息を吸って、すぐに跳んだ。

一秒もないくらいに感じた。一瞬でもう、地面にいた。まず足に衝撃があって、前のめりになる身体を両手をついてささえた。乾いた地面には細かな砂の粒がおちていて、最初に感じたのはその摩擦の熱と痛みだった。でも、すぐ後に、ずっと大きくて強い感覚が身体の中に膨らんだ。ふわふわして、どきどきする。痛みなんて気にならないくらい、楽しい。浮遊と落下と着地。わたしはこれが好きみたい。気分がいい。気に入った。

「どうだった？」

数歩先にいた彩がうれしそうにたずねた。その顔を見て、達成感がわく。勇気を出して跳んでよかった。楽しかった、と答えようとしたところで、中庭にたむろしていた数人の男の子たちが、こっちを見ていることに気がついた。下の学年の子たちだ。三年生か、二年生くらいにも見える。

「飛び下りたんですか？」

一番近くにいたひとりがそうたずねた。大きな目を、さらに大きく見開いている。わたしはなめらかに立ち上がった。そのとき、ちょっと思うことがあったけれど、ひとまずそれは無視して、「そう。ちょっと、近道だから」と答える。

すごい、痛くないの？　と、男の子たちは次々に口にした。向けられる称賛の目に、わたしは背筋を伸ばした。

「痛くないけど、危ないからまねしないでね」

落としていた鞄をひろう。男の子たちはまだこちらを見て、わたしが跳んだ窓を仰いで騒いでいたけれど、わたしは振り返らずにその場を去った。

「大丈夫？」

なにかに気づいて彩がたずねた。わたしは黙ってうなずいた。けれど、たぶん、あんまり大丈夫じゃない気がする。たぶんわたし、足を怪我《けが》した。

アドレナリンの話はテレビで見て知っていた。アドレナリンは緊張や興奮によって分泌されるホルモンで、これが身体にひろがると、血流や血圧があがって、集中力が増したり、痛みを感じづらくなったりする。サッカーの試合やなんかで骨を折った選手が、試合の興奮によるアドレナリンで、ゲームが終わるまでそれに気づかなかったなんて例もあると、いつか一緒にテレビを見ていた父が教えてくれた。

窓から跳んだときに身体の中に膨らんだなにかは、アドレナリンだったのかもしれない。

だからわたしは、絶対に足を怪我したな、と思いながらも、自分の足で歩いて家まで帰れた。彩はちょっと青い顔をして、帰り道の間に、何度も「大丈夫?」とたずねた。わたしは、たぶん、とだけ答えた。たぶん駄目、と思いながら。痛みはどんどん増していった。

家について、葉の茂りはじめたアジサイが並ぶアプローチを抜けて、玄関の扉を開けた。ただいま、と、今日は言わなかった。薄暗い玄関に座り、ようやくわたしは足の問題にきちんと向き合う覚悟を決めた。

痛むのは左足。膝の下の、奥のほう。ズキズキとか、ヒリヒリとか、そういうよくある痛さとはちょっと違って、なんていうか、もっと致命的な感覚がある。少しそっとしておいたくらいじゃ消えなそうな、深い痛み。なにか、身体の骨組みになっている大事な部分が壊れてる、という痛さ。つまり、まるで骨が折れてるみたいな。怖いのは、こんなにはっきり痛いのに、紺色のハイソックスを下ろした足に、なにも異常が見られないことだった。彩の足にあるみたいな、きちんとした傷がない。

「痛むの?」

目の前に立って同じように足を見下ろしていた彩が首をかしげた。

「うん。すごく痛い。折れてるかも」

わたしはそう認めた。

「お父さん呼ぼうか」

彩はリビングへと続く左手の扉へ顔を向けた。そう、今日は母のパートが遅番だから、弟の帰宅時間に合わせて、父が母家にいるはず。リビングか、二階の弟の部屋あたりだろうか。どっちにしろ、声を張り上げれば届くはず。でも嫌だ。

「待って。少し考えるから」

どうして怪我をしたのか聞かれるだろう。絶対に、答えたくない。二階の窓から跳んで怪我をしたと言いたくない。なんでそんなことをしたの、と聞かれたくない。絶対に嫌だ。説明はできる。たぶんできる。でも、わたしの説明を、父はわかってくれるだろうか。窓から跳びたくなる理由って、大人に通じる？　通じたとして、納得してくれたとして、わたしがすごください、ばかみたい、って事実に変わりはない。わたしは失敗したのだ。彩は成功した。成功して、楽しい気分だけを手に入れた。先生の的外れなお話とか、真理花ちゃんたちのごたごたとか、学校にまつわるめんどうで嫌なことをぜんぶ、一瞬で吹き飛ばした。窓から跳ぶって、そういう効果がある。それくらい楽しい。

わたしも、そう、嫌なことが全部どうでもよくなる、という目的なら達成できたといえるかもしれないけど、足が痛いからやっぱり失敗。とくに目的もなく自分で跳んで、自分で怪我をするっていう、意味のない失敗。どうしよう。世界一意味のない怪我をしてしまった。こんなの、世界一ださい子供じゃないか。こんなことを知られてしまったら、父はもうわたしを描かなくなるんじゃないか？

彩はわたしの前にしゃがみ込んで、考えるわたしの顔を見上げた。心配そうな目。小さな声で、「ごめんね」とつぶやいた。跳ぼうと誘ったことを悪く思っているのだ。そんな、彩のせいじゃないのに。

そのとき、背後でドアの開く音がした。左手の、リビングのドア。お父さんだ、と振り返りながら、どうする、どうしよう、と考えた。どうにか誤魔化さなくては。本当のことは絶対に言わない。

けれど、開いたドアから覗いたのは、予想していた父の姿とは違った。ドアノブを握るのは、まるまる太った指。続いて現れたのは丸い腕と、同じく丸い曲線を描くお腹のライン。これは父ではない、と気が付く。

「おお、おかえりなさい」

かすれた声でそう微笑みかけてくる、身体のすべてが丸いおじさんに、わたしは反射的に背筋を伸ばして、一番の笑顔を作った。

「こんにちは、小野崎《おのざき》さん」

わたしは座ったままの姿勢で頭を下げた。いつもなら立ち上がって、一番のお辞儀を見せるところだけれど、今は無理。足が痛い。

「学校帰り？」

「はい」

「いや、ラッキーだった。お目にかかれて光栄だな」

小野崎さんはうやうやしく、冗談みたいな角度でお辞儀をした。それが彼のいつものお辞儀。その後ろから、「亜耶？」と父が顔をのぞかせた。小野崎さんとならぶと、父の骨ばった頬《ほお》や髭の生えた顎はいつもよりもずっと不健康に見える。手足の細さや、顔色や姿勢の悪さも。ふたりが並ぶと、ふたりとも真逆の方向に不健康そうに見える。

「おかえり。どうしたの？　座り込んで」

玄関から動かないわたしに、父がたずねた。小野崎さんはちょうど帰るところだったらしく、玄関に、こちらに、近づいてくる。横目で見ると、靴箱の脇に父のものではないりっぱな靴がきちんとそろえて置かれていた。帰ってすぐに気づいていたら、心の準備ができたのに。

「ちょっと、めまいがして」

わたしはこめかみに手を当てて、軽く首を傾けてみせた。小野崎さんにあなどられるわけにはいかなかった。どこにでもいる、とるにたらない、馬鹿な子供だと思われるわけにはいかない。小野崎さんは、父の絵を売る手伝いをしてくれる人。

「え、大丈夫？」と、父より先に小野崎さんが言った。彼が足を踏みだすたび、床がその体重に軋《きし》んだ音を立てる。わたしはか弱い笑顔を意識して、小野崎さんを見上げた。

「平気です。ちょっと休めば」

本当は、足がすごく痛い。アドレナリンが仕事をさぼりはじめた。

「そうなの？　いや、無理しちゃだめだよ」

「はい、ありがとうございます」

「いや……本当に、亜耶さんはしっかりしてるね」

小野崎さんは、わたしに会うといつも言うその言葉を今日も口にした。つやつやの革靴を履いて、では、と父に会釈をする。玄関を出て、扉を閉める最後に、わたしにもにこやかな笑顔を向けた。扉が完全に閉じて外の光が途絶えると、父は深く、長いため息をついた。

「はー……疲れたな。亜耶、大丈夫？　めまいって」

「お父さん」

ようやく、わたしは言った。

「わたし、二階から落ちたの」

父が救急車を呼ぶと、弟は泣きやんだ。ついさっきまで「お姉ちゃん死なないで」と涙を溢《あふ》れさせていた瞳がまるまると輝く。六歳の弟は、音を鳴らして走る車がとても好きなのだ。とても子供らしい、ありふれた趣味だ。どこにでもいるごくふつうの子供。これがわたしの弟。

わたしはリビングのソファに座って、もう流れに身を任せることに決めて、大人しくしていた。救急車なんて大げさ、呼ばなくて良いとちゃんと言った。でも父は、頭を打ったかもしれないから急がなくては駄目だ、と聞かなかった。父は車の運転ができなくて、母がパートから帰ってくるまで、まだ数時間ある。

うっかり自然に窓から落ちるシチュエーションが思い浮かばなかったので、わたしは、二階の階段から落ちたと嘘をついた。考えごとをしていてついうっかり足を踏み外した、と。ぼんやりしていて落ちたなんて、まったく素敵でも特別でもない、まぬけな理由だと思うけれど、それでも、二階の窓から自ら跳んで着地に失敗したなんていうまぬけさよりは、はるかにマシだ。足以外に痛む場所はない、とも説明したけれど、その前にめまいがするとも嘘をついていたので、自分でも気づかないうちに頭を打ったのではという話になってしまった。絶対に打ったりしていない、ちゃんと両足で着地した、と断言するのは不自然な気がした。そのあたりで弟が泣き出して、足の痛みはどんどん増して、もう、早く病院に行けるのならなんでもいいかという気分になった。救急車のひとには、わたしの嘘のせいで悪いな、とも思ったけれど、でも、わたしもちょっと、救急車が見てみたい。もしかしたら今後、救急車の絵を描くこともあるかもしれないから。

「ねえ、すごく腫れてきてる」

ソファの足元に座って、お父さんに説明している間はずっと黙っていた彩が、わたしの足を見て言った。左足、さっきまでなんともなかった足首の上のあたりが、確かにすごく腫れている。

「よかった」

わたしは囁いた。

「なにがよかったの？」彩が首をかしげる。

「救急車を呼んだのに、ちゃんと怪我してないと恥ずかしい」

「そう？　そうかなあ」

「大げさな子供だと思われたら嫌だ」

「じゃあ、折れてるといいね。捻挫《ねんざ》とかだったら、やっぱりちょっと大げさだもん」

「折るよ、そしたら」

「本当？　本当に？」

彩はくすくすと小さく笑った。痛みにぼんやりしつつも、彩の笑顔が見られて少し安心した。怪我に責任を感じているようで、可哀想だったから。

キッチンから、弟が顔を覗かせた。片手に救急車のおもちゃを握っている。丸い目で私をじっと見つめながら、壁におもちゃを走らせる。

「今からそれに乗れるんだよ。嬉しい？」

わたしはたずねた。

「うん」

弟は素直に答えた。二階から、父のあわただしい足音が聞こえる。保険証を探す、と言っていた。わたしは少し、声を落とした。

「救急車に乗るって、ちょっと特別な子供って感じがするよね。そう思わない？」

「思う！」

壁を走っていた救急車が空《くう》を飛んだ。弟の小さな手にあやつられて、彩の座る床の近くに着地する。わたしは痛む足を動かさないように、首だけを弟に向けた。

「お姉ちゃんって、やっぱり特別な子供だよね」

「うん。ショウくんもね」

弟は未だ、自分のことを名前で呼ぶ。わたしが六歳のときにはもう、そんな呼び方はしていなかった。

「ううん、ショウくんは特別じゃないよ」

救急車は急カーブを抜けて大きく跳ねる。ありえない軌道を描いて、ソファの上に乗った。座面をジグザグに走らせながら、弟は「ショウくんもだよ」と言った。

「ううん。違うよ。だって、お父さんはショウくんの絵は描かないでしょ。ショウくんはぜんぜん特別じゃないってこと。わたしだけが特別なの。わかる？」

「どーん。うわー」

弟のあやつる救急車が、ソファの背もたれにぶつかって横転した。そのままごろごろ転がって、床に落ちる。弟はわたしの話なんてぜんぜんどうでもいいみたいに、事故を起こした救急車に夢中。足が痛くなかったら、蹴っ飛ばしていた距離だ。

「弟をいじめちゃだめだよ」

彩が言った。

「だって、足が痛いんだもん。ムカつく」

「それはショウくんは関係ないでしょ」

彩は正しいことを言う。ムカつく。

サイレンの音が聞こえた。本物のサイレンだ。救急車のサイレンを、自分に関係のあるものとして聞いたのは初めてだ。わたしのために鳴らされているサイレン。今からわたしは救急車に乗る。これってちょっと、特別な体験。明日は学校に行けないかもしれない。もしかしたらわたしは自分で覚えていないだけで、本当に頭を打ったのかも。もう二度と学校に行けないくらいの大きな怪我をしたのかも。もう今までの日々には戻れないかもしれない。わたしはサイレンを鳴らした車に乗せられて、どこか遠い遠い世界へ運ばれていく。それもいい。それって、ちょっと素敵なかんじ。描きかけの絵のことだけが心残りだけれど、実を言うとそんなものは、たいして重要ではないのだった。

二　特別な少女

1

お名前は？　と尋ねられた。

わたしは、東郷亜耶です、と答える。

続けて、年齢と、今日の日付を聞かれた。意識がちゃんとしているか調べられているのだ、とすぐにわかった。わたしは相手の目を見て、すべての質問にはっきりと答えた。大人の質問に答えるのは好きだ。

「僕たちがなにをしている人かわかるかな？」

「はい。えっと……救急車の、人」

救急車の人はわたしの人差し指の先をなにか小さな機械ではさんで、左側にある大きな機械にコードでつないだ。わたしは仰向けに寝かせられたまま、できるだけ多くのものを見ておこうと、車内のすみずみにまで視線を走らせる。大きな機械からは、ピ、ピ、と絶えずなにかの音が聞こえていた。右側、救急車の人の向こうには、父がこちらを向いてきゅうくつそうに座っている。父の足の間におさまった弟は、緊張しているのか、人見知りしているのか、さっきまでとはうって変わってむっつりと黙り込んで大人しい。彩の姿は見えなかった。

「どこかかかりつけの病院などはありますか？　確認したところ、今搬送可能なのがK病院とT大学病院なんですけど、希望などは」

救急車の人が、心配そうにわたしを見ていた父にたずねた。

「え……えっと、いいえ、特にはない、と思います」

「では、より近いK病院に向かいますね」

「あ、はい……それで」

父は何度かうなずいたあと、一拍遅れて「お願いします」と頭をさげた。知らない人と話すことが、父はあまり得意ではない。わたしが話したほうがスムーズにいく、と思うことすらあるくらい。

「おかしいよね」

面白がるような声に顔を向けると、わたしの乗る台の足元のところに彩が座っていた。首をひねってこちらを見ている。無視をすることにした。せまい救急車の中では、彩にだけ聞こえる声で返事をすることが難しそうだったから。車が動き出して、同時にまたサイレンの音が鳴り出した。外が見たい、と思ったけれど、後ろの窓のところにはカーテンがかかっている。

「わくわくするね」

また彩が口を開く。すっかり元気になったみたいだ。わたしは彩から目をそらして、父を見た。それから病院に着くまで、わたしを心配している父を、ずっと見ていた。


まず頭の写真を撮られた。大きな機械のなかに入って、時間をかけて撮った。それから、お医者さんにいくつか質問をされた。写真ができあがるまで少し時間がかかるということだったけれど、眼鏡をかけた優しそうなお医者さんは「受け答えを見る限りおそらく脳へのダメージはないでしょう」と言って父を安心させた。

「ちょっと、またお母さんに電話してくる」

父はそう言って、弟を連れてどこかへ消えた。ものすごく優しい看護師さんがひとり、救急車が到着してからずっとわたしのそばについていてくれたのだけれど、少し前に慌ただしい足音や人の声が搬入口のほうから聞こえてくると、そのひともバタバタといなくなってしまった。わたしはストレッチャーの上に横たわって、カーテンで区切られたスペースにひとりになった。

無傷の頭のことばかりがいろいろされて、すごく痛む足はまだ放置されたままだった。嘘をつくというのはこういうことだ。くだらない嘘をつくとこういうことになる。救急車に乗ってからはずっとストレッチャーの上で、どこを移動するのにも人に押してもらって、その間は忘れていられたことを、こうしてひとりになると思い出してしまう。自分がとてもくだらない理由でこんな状況に置かれているのだということ。みじめな気分になりそうだった。こういうことの積み重ねで、わたしは神秘性を失っていくのではないか？　そういうわけにはいかなかった。ちょっと泣きそうになるのをこらえて、わたしは毅然としていようと努めた。

「はじめてだね、こんなところに入るの」

天井を見上げていた視線を下げると、ストレッチャーにもたれて、彩が床に座っていた。目が合うと「どきどきするね」と笑う。「これからどうなるのかな」

「さあ……とにかく、足を診てもらわなくちゃ」

「それからは？」

「うーん、どうだろう。お母さんが来るかも。パートも終わる時間だろうし」

「それからは？」

「わからない」

「そっかあ」

「うん」

「ねえ、こっそりいなくなってみない？」

「え？」

なに言ってるの？　という声がつい大きく出てしまって、わたしは慌てて口を押さえた。けれど、大丈夫だ。カーテンの向こうはまださっきからの慌ただしさが続いていて、こんな、どうやら軽傷らしいとわかってしまった子供を気にしている人なんて誰もいない。あるいはわたしがもっと幼かったら、誰かが手厚く気にかけてくれることもあったかもしれないけれど。もしわたしが、まだ十歳だったら。

「いなくなってみるの」

彩は繰り返した。こちらをのぞき込む瞳は、弟みたいにまんまるで、天井の灯りをきらきらと映す。

「へえ……なんのために？」

「いたことを示すために」

わたしは彩の顔をみつめて、その提案について一瞬考えた。でも、考えるまでもなく、足が痛くて無理だということをすぐ思い出した。だめ、と答えようとしたとき、左手からひとのうめき声が聞こえた。驚いて、わたしは横たわったまますちょっと跳ねた。安静にしていた足の痛みがまた膨らむ。

「誰かいる」

彩が左手のカーテンの向こうを指した。そんなことはわかってる。ただ、人の気配がしていなかったから、少しびっくりしただけ。

ううう、と再び声がした。

苦しそうな声。わたしはどきどき脈打つ胸を押さえた。

ここは病院だし、救急の人が運ばれてくるところだし、だから、具合の悪い人がいるのは当然。でも、この分厚いカーテンの向こうでうめいている人のそばに、お医者さんも看護師さんも、誰もいる気配がないのはどうしてだろう。わたしと同じように、なにかの検査の結果を待っている人なのかもしれない。ひとりぼっちで、苦しみながら。「大丈夫かな？」と、彩がささやくように言った。

「大丈夫ですか？」

カーテンごしに、わたしは声をかけた。わたしは勇敢だから。

「あ、大丈夫です」

すぐにそう返ってきた。意外にも、ほんとうに大丈夫そうな声だった。さっきまでうめいていたのと同じ声とは思えない。たぶん大人の、女の人の声だ。

「あの……誰か呼ばなくていいですか？」

念のためそうたずねた。薄ピンク色のカーテンの向こうで、すこし空気が動く気配がした。

「ああ、うん、平気。ごめんね、うるさかった？　うめいてたほうが楽かなと思ってうめいてみたんだけど」

「あ、いいえ。じゃあどうぞ、うめいてください」

「ううん、あんまり変わらなかったから、やめよう。やめた」

「どこか痛いんですか？」

「背中。そちらは？」

「あ、えっと、足です」

「ねえ、ちょっとカーテン開けてもいい？」

少し迷った。お医者さんでも看護師さんでもない知らない人と、顔を合わせる心の準備はできていない。でも、断るほどにふさいだ気分でもないし、どちらかというと誰かに会いたい気分だった。それに、その人はとてもきれいな声をしていた。話を続けてあげてもいい、と思えるくらい。わたしは「はい」、と答えた。

少しして、カーテンが揺れた。壁側のカーテンが数センチ開く。その向こうに見えたのは、やっぱり、女の人の顔。ベッドの上に身体を起こして、横長の目でこちらを見ている。茶色い髪が肩の上から長くたれている。青白い顔をしていた。

「ああ、よかった」

女の人はそう言って笑みを浮かべた。けれど、その眉間にはすぐにしわが寄って、唇からは食いしばった歯がのぞいた。「いてて」と腰を押さえる右手の指先が、強張《こわば》って白くなっている。「大丈夫ですか」と、わたしはもう一度たずねた。

「うん、大丈夫。痛み止めを打ってもらったから、もう効いてくるはずなんだ」

「背中……どこかにぶつけたとか？」

「うーん。いえ、ちょっとね。たぶん内臓だと思うんだ。今、検査結果待ち」

「そうですか」

うん、とうなずくと、女の人は立てた両膝の上に顔をふせて、深く息を吐いた。すごく痛そうだ。どうしよう、とあたりを見回してみるけれど、ちかくにはやっぱり誰もいない。きっとこの一角は、ひとまずほうっておく患者のための場所なのだ。彩はわたしの右側に立って、女の人をじっと見ている。

「あの」

こんなに痛そうな人に話しかけていいものかわからなかったけれど、わたしはそっと声をかけた。

「なに？」

女の人が顔を上げる。額がうっすら光っている。

「さっき、よかった、って言ってましたけど、なにがよかったんですか？」

「え？　そんなこと言った？　私」

「はい。そこのカーテンを開けたとき、言ってました」

「ああ、そうだ。言ったわ。あのね、あなたが幽霊かと思って」

「え？」

「いきなり子供の声が聞こえてきたから、もしかして幽霊かなって思って。でも開けてみたらちゃんといたから、あーなんだ、本物の子供かって安心したの。ごめんね、なんか今、痛いせいかな、思ったことが全部口から出ちゃうわ」

女の人は浅く息継ぎをしながらそう言うと、また膝の間に顔を戻した。

幽霊。大人なのに、そんなものを信じている人がいるのか。

「あ、でも」

ふせたままの姿勢で、女の人は続けた。

「ふたりいるのかと思ったんだけど、ひとりなんだね」

そのとき正面のカーテンが開いた。立っていたのは、さっきまでそばについていてくれた、ものすごく優しい看護師さん。わたしを見ると、こちらを安心させるような大きな笑顔を作ってうなずいた。

「ごめんね、お待たせ。レントゲンが空いたから、先にそっちに行きましょう」

看護師さんは颯爽《さっそう》とした足取りで頭側に回り込み、ストレッチャーに手をかけた。隣の人と勝手に話をしていたことがばれるかも、ばれたら怒られるかもしれない、と思ったけれど、目だけでそちらをうかがうと、いつのまにか左手のカーテンはぴったりと閉じられていた。

看護師さんに押されて、横たわったまま動き出す。背中に軽い振動を感じながら、せまいスペースを出て、廊下を進んで、いくつかの角を曲がる。たくさんのコードが垂れ下がっている天井や、壁一面がなにかの棚になっているコーナーや、赤字の注意書きが乱雑に貼られている通路なんかを通った。看護師さんの歩調にあわせて後ろに流れていく周りの景色を眺めながら、さっきの女の人のことが、頭のはしから離れなかった。

「あの、わたしがさっきいた所なんですけど」

大きな扉の前でストレッチャーが止まったタイミングで、話すことにした。

「うん？」

「わたしの左手の、カーテンの向こうにいた人が、なんだか少し苦しそうでした。あの……苦しそうな声がしたので、少し気になって」

「あら、本当？」

看護師さんはちょっと目を丸くしながら、大きくて重そうな扉を、片手で軽々とスライドさせた。

「じゃあ、ちょっと見てくるね。ここが終わるころにまた迎えにくるから」

扉の中には、灰色の服を着た大人の人が二人いた。看護師さんが、わたしの情報が書かれているらしいバインダーを手渡す。「保護者の方は？」と、中にいた一人が看護師さんにたずねた。彼女がそれに答える前に、わたしは「父は電話をかけに行っています」と言った。

「ひとりで大丈夫です」

「お、えらいな。じゃあ、確認して、すぐ戻ってくるからね」

去り際、看護師さんがかすかに首をかしげた。扉を抜ける彼女の背中から、誰に向けるでもなくつぶやく声が聞こえる。

「左隣って、誰かいたっけ？」

扉が閉まる。

残った大人が、看護師さんと同じくらいに優しい声で、わたしに話しかけてくる。お名前を確認していいかな？

できるだけ明瞭な声でそれに答えながら、さっき女の人が言っていた言葉が、ちらっと頭に浮かんだ。

「もしかして、幽霊だったりして」

彩が言った。

わたしの足の骨は折れていて、けれど、脳にはダメージはなかった。そうだろうな、と思っていたとおりだ。すべて予想どおり。ただ驚いたことに、足は手術が必要だと言われた。

「ギプスで固定しているだけでは駄目ってことですか？」

戸惑いのにじむ声で、母が言った。

「そうですね、折れた上に、ちょっとズレちゃっているので。まずはそれを真っすぐに直さないと」

眼鏡の先生が、レントゲン写真の白く光る骨を指しながら答える。わたしの左足、太い骨の横に寄り添うように細い骨が生えていて、そこに線を引いたみたいな黒い切りこみが入っている。先生の言うとおり、上の切り口と下の切り口が合わない。だから手術をして、ずれている骨を元通りに直して固定する。椅子の脚を直すのとなにもかわらない、簡単な話だ。

「わかりました」

わたしはうなずいた。

「うそ、もうわかったの？　お母さんはまだ混乱中よ」

「手術後は数日で退院できます。成長期は大人より骨の修復も早いので、これくらいなら一、二ヶ月で快復すると思いますよ。手術と聞くとどうしてもびっくりされるかもしれませんが」

「そうですね、ええ……」

母は診察台に座るわたしを見て、深く息をついた。仕事が終わってすぐに、車をとばして来てくれた。それで安心したのか、父と一緒に借りてきた猫みたいに大人しくしていた弟が、ぐずりだした。

「ねえ、もう帰ろう」

弟の何度目かの主張を、父が「もう少しだからね」とたしなめる。邪魔だから外に出しておきたいのに、母の姿が見えないと騒ぎ出すからそれもできない。父の膝の上にいる弟を、わたしは大人たちには見えない角度で睨《にら》んだ。

「では、手術と入院の承諾書を準備しますので、もうしばらくお待ちください。病室の準備ができましたら、先にお呼びします」

「はい、お願いします」

先生がパーテーションの奥に消える。それで弟がまた、帰ろう、とわめいた。

「ふたりはもう帰っていいかも。お母さんは亜耶についてるから。ショウくんはもう寝る時間になっちゃうし」

「ああ……そうだね。できることもなさそうだしなあ」

母と父のやりとりを、弟は不思議そうに見上げていた。母が腰を屈《かが》めて弟と視線を合わせる。

「ショウくん、ごめんね、今日はお姉ちゃんと病院に泊まるから、お母さんは帰れないの。お父さんとお家で良い子にしてて」

「いやだ！」

母が言い終わらないうちに、弟は叫んだ。うるさいなあ、と思うけど、その声の響きがあまりに絶望的な感じで、ちょっとは可哀想だった。

「仕方ないの。怪我を治すのにね、必要なことだから」

「いやだ！」

「お姉ちゃんひとりで病院に泊まるのかわいそうでしょ？　朝にはお母さん一度戻るから。お父さんが一緒だもん、我慢できるよね？」

「いやだ！」

「俺が残ろうか？　そしたらほら、明日もショウくん送って、車で来てもらえるし」

「いやだ！　お母さんもお父さんも一緒じゃないといやだ！」

そこに「お姉ちゃん」がふくまれていなかったので、死ね、と思った。でも、弟のわがままなんてぜんぶ予想どおり。わたしは準備していた言葉を投げた。

「わたしは平気だから、みんなで帰っていいよ」

みんながわたしを見た。

「いや……駄目よ、ひとりなんて」

「どうして？」

「だって、怪我してる娘をひとり置いて帰るなんてできません」

「ひとりじゃないよ。お医者さんもいるし、看護師さんもいる」

「でも……」

「ショウくんはまだ六歳でしょ。初めて救急車に乗ったし、こんなに長い時間病院にいるのも初めてだし、不安なんだよ、かわいそう。わたしはぜんぜん平気だから。ショウと一緒に帰ってあげて」

「でも」

そこで後ろの扉が開いて、看護師さんが入ってきた。また同じ看護師さん。わたしを見て、もうすっかり友達同士みたいな笑みを浮かべる。

「病室の準備ができましたので、行きましょう。今小児科病棟に空きがないので、このまま救急科病棟に入院になりますけど、もうお姉さんだから、大丈夫だよね」

「はい」

わたしは背筋を伸ばしてうなずいた。「もうお姉さんだから」の言葉にちょっと引っかかるものを感じたけれど、「もうお姉さんだから」なんていう言葉は、本来まだお姉さんではない子にかけられる種類のものだ。それに、看護師さんから直々《じきじき》にそんな言葉をいただいたら、過保護な親たちも文句は言いづらくなるはず。

「あの、このくらいの歳の子の入院って、ふつう親が付き添わないものですか？」

「うーん、そうですね……。ケースにもよりますけど、お嬢さんくらいしっかりされてたら、大丈夫かと思いますよ」

看護師さんの笑みに、母は「そうですか」と答えながら、手を伸ばしてわたしの頭をなでた。

「亜耶はほんとしっかりしてるね。助かるけど……」

けど、の後に続く言葉がなんなのか、少し気になったけれど母はその続きを言わなかった。「明日仕事の前に来るからね」と何回も念を押して、みんなで帰っていった。

これでわたしはひとりきりで入院する、孤独な女の子。特別な少女。


「無理して歩いて帰ったりしたから骨がずれたのかも。怪我したって気づいた時点で、誰か呼べばよかったね」

ベッドの足元に腰かけて、彩が言った。

「いいの。もうそんな、終わったことは」

わたしは声を抑えて言った。

六人部屋、入ってすぐ左手の、廊下側のベッドだった。本当は窓側がよかったのだけど、そういう希望を言えるようなタイミングはなかったし、まあいい。わたしの他には、向かい側の窓際のベッドに誰かがいるみたいだった。でも、わたしが来たときにはもうその一角の周りにぐるりとカーテンがかかっていて、顔も見えなければ声も聞こえないので、どんな人かはわからない。他のベッドは空だった。

両親と弟が帰っていって、さっき、体温を測ったのを最後に看護師さんもいなくなって、わたしは本当にひとりになった。ついさっき消灯の時間になって、あたりは暗い。ひとりきりになったら、もしかしたら怖くなるんじゃないか、とも考えていたけれど、まったくそんなことはなかった。怖くない。不安でもない。わたしはやっぱりとても勇敢な少女だった。眠たくもない。

「いなくなりたい気持ちにならない？」

彩がたずねた。さっきも同じことを言っていたな。

いなくなったらどうなるかな、という、ちょっとなにかを期待するみたいな、わくわくする気持ちは少しある。でも、もうわたしはほとんどいなくなれているんじゃないかな、という気もした。今のわたしはもう、俗世間にはいないんだもの。

「明日は学校に行けない」

彩の質問を無視して、わたしは言った。「明日も、明後日《あさって》も行けないかも」

「ねえ、そしたら、日奈ちゃんはどうするのかな」

「ああ……」

暗い天井を眺めながら、彼女のことを考えた。ひとりになるのをなにより怖がっている日奈ちゃん。明日の朝、わたしが席にいないのを見て、わたしが入院したことを知って、どんなに絶望するだろう。すごく可哀想に思う気持ちと、すごくどうでもいいという気持ちが、ちょうど半々くらいずつある。

「他の友達をつくって、わたしたちのことなんか忘れちゃうかもね。次に学校に行ったらさ、もう、話しかけてもくれないかも」

わたしはそれもどうでもよかった。今のわたしは、ありふれた人間関係に悩んだりするような、ふつうの場所にいない。彩も自分で言い出しておきながら、たいして気にしているふうではなかった。ベッドから下ろした足をゆらゆら揺らしながら、常夜灯の緑がかった灯りをながめている。大きく息を吸い込むと、清潔な枕とシーツの匂いがした。うちで使っている洗剤の甘い花の香りとはぜんぜん違う、もっと冷たい、静謐《せいひつ》な感じのする匂い。保健室の枕の匂いに似ているけれど、それともやっぱり少し違う。家にいるとどこからか漂ってくる、石油の匂いもない。遠くに来た、という感じがした。

「わたしが入院したこと、お父さんはどう思ってるかな」

「あわててたね」

「うん。急だったし、弟が騒いでばかりいたからね。ゆっくり考える暇もなかったかも。でももう少ししたら、いろいろ考えられるでしょう？　なにか絵に影響するかもしれない」

「どうして？」

「怪我とか病気って、ちょっとロマンチックな感じがするもの。ううん、すごくロマンチック。自分では言わないけど」

「そうなの？」

「そうなの。小野崎さんはどう思うかな？」

「うーん。どうでもいいよ」

「よくない！　わたしの絵に関わることなんだから」

はっとして、わたしは口を押さえた。

また大きな声を出してしまった。ここは病院で、自分の部屋じゃないのだから、大きな声で話しては駄目。わかっているのだけど、彩のせいだ。

数秒間、耳を澄ませた。なにか機械の動く、ブーンという低い音が聞こえる。それ以外はとても静かだ。わたしの声を聞きつけて、誰かがやってくるような気配もない。ほっと息をつきかけたとき、シャッと鋭く、カーテンの引かれる音がした。窓のほうからだ。

「さっきの子供？」

わたしは口を押さえたまま、声のしたほうを見た。わたしのベッドの周りにもカーテンがかかっているけれど、窓のほうが明るいから、うっすらとシルエットが見える。窓際のベッドから聞こえた声は、さっきの大人だ。間違いない。救急室のところで話した女の人。あのひとも入院になったんだ。

「はい」

少し迷って、でも、結局答えた。

「ごめんなさい、うるさくして」

横目で見ると、彩も口に両手をあてて、丸い目でこちらを見ている。数秒の後、声が返ってきた。

「いいえ、いいんだけど……。まさか同室？　ねえ、ほんとうに幽霊じゃないよね？」

「わたし？　違います」

「今、誰としゃべってたの？」

「えっと……」

わたしはまた横を見た。彩は口をおさえたまま、こちらを見返すだけ。使えない子。答えられないでいると、また声がした。

「さっきさあ、看護師さんに私のこと伝えてくれたでしょ？　痛がってるっぽい人がいるって」

「あ、はい」

「それで痛み止め増やしてもらえたんだよね。ありがとう」

「いえ」

「なんかそういう優しい幽霊だったのかなって思って」

「違います」

わたしは幽霊なんかじゃない。そう、よかった、と、女の人は安心したように答えた。

「でも、あなたも入院になっちゃったんだね。気の毒に。足、なんだったの？」

「えっと……骨が折れてました。明日、手術しなくちゃいけなくて」

「あらまあ。大変だね。学校もあるでしょうに」

「いえ……、学校なんて、別に。そんなに好きじゃないので」

「ああ。わかる」

気をつかってくれたのか、女の人はもう、わたしが誰と話していたのかという質問をしない。彼女はとてもフレンドリーに、けれどどこか、浮ついているような声で話す。

「あの、もしかして、まだ痛いんですか？　背中」

なんだか、そんな話し方に聞こえた。

「ああ、そうなの。実はけっこう痛い」

「だれか呼びますか？」

「ううん。あなたが来る前にもね、痛み止めもらったばっかりなんだ。もうこれはこういうものかなって気がする」

「あの、そっちに行ってもいいですか？」

思い切って、そうたずねた。他の大人のいないところで、会ったばかりの大人、知らない大人と、あまり親しくしないほうがいい。そうわかってはいたけれど、どうしても気になった。もしかして、そっちこそ幽霊なんじゃないの？　と。

「いいよ」

彼女が答えた。わたしは壁に立てかけていた、使い方を教わったばかりの松葉杖《まつばづえ》に手を伸ばした。「幽霊だったらどうするの？」と、彩が耳元でこっそりきいた。

「退治する。それか、友達になる」

彼女が幽霊だという根拠はない。でもさっき、そう、レントゲン室で看護師さんに、隣のカーテンの中の患者について報告したとき、看護師さんはその存在にぴんときてないみたいだった。それにわたしはわたし以外の人間が、この女の人と話しているのを見ていない。それから、この人の声や、一瞬だけ見た青白い顔や、長い髪。上手く言えないのだけれど、そのすべてがなんだかちょっと、浮世離れしているような感じがした。ちょっとだけ、神秘的な感じが。特別な感じがした。大人のくせに神秘性を持っているなんて、そんなの、幽霊だからじゃないの？

カーテンの外は、思っていたよりも明るかった。窓からの光は、青っぽいようにも、黄色っぽいようにも見える複雑な色。女の人がいるベッドのまわりのカーテンは、手前側が半分閉じられていて、窓のほう、奥の半分が開いている。重たい松葉杖をなんとか動かして方向を変え、そちらへと近づいた。彼女より先に、外の景色が見えた。ずっと遠くまで広がる夜空。そういえばここは七階だったと思い出す。手前には、隣の病棟の屋上と、ぽつぽつと光のともる窓が見えた。それから、たぶんロビーのあたりの屋根。その向こうに広がるのは、高いビルや、電波塔の灯り。

「よかった。松葉杖をついてるから、幽霊じゃない」

ベッドに目を向けると、リクライニングの背中を起こして、女の人が座っていた。間違いなく、さっきも話した女の人だ。スライド式のテーブルがベッドの上に出ていて、そこに乗せた右手首に点滴の管がつながっている。点滴のビニールパックが、外からの灯りを反射してきらきら光った。

「幽霊じゃないです」

「うん。信じた。ほぼ信じた」

「ほぼ？」

「うん。いや、完全に信じるのは無理だから気にしないで」

「あの、そっちはどうなんですか」

「え？」

「幽霊じゃないんですか」

幽霊にそんな質問をしたら、怒られて、呪《のろ》われてしまうかもしれない。そうは思ったけれど、わたしは恐れたりしなかった。

「幽霊じゃないよ」

「本当に？」

「うん、だって幽霊なら、点滴なんてしないでしょ？」

女の人は右手を持ち上げて、手首のところにつながれた点滴を見せた。透明なテープで貼り付けられているその針は確かに彼女の血管に刺しこまれているようで、点滴パックの下にはぽたぽたと薬のしたたる太い管がついている。したたり落ちた薬が彼女のからだをすり抜けて床に落ちる、なんていうこともない。ちゃんと血の流れている人間だ。幽霊じゃない。

「信じてくれた？」

「はい。ほぼ信じました」

そうなずきながら、少しがっかりした。この人は、ただの人間。ただちょっと、顔色が悪くて、声がきれいなだけの。

「よかった。あ、ごめんね、足の折れてる子供を立たせっぱなしで。そこの椅子よかったら使ってね。私はちょっと、手を伸ばせないんだけど」

窓辺に置かれたパイプ椅子を指して、女の人は言った。わたしはまた慣れない松葉杖で一歩ずつ慎重に歩いて、椅子を引きずって戻る。少し迷って、女の人のベッドの足元に座った。顔を上げると、椅子の置かれていたあたりの窓枠に寄りかかって、彩が立っていた。

「この点滴って抜いたらどうなるのかな?」と、興味深そうに首をかしげた。

「ねえ、どうして足を折ったの?　事故?」

わたしは女の人に視線を戻す。少し考えて、「二階から落ちて」と答えた。父についたのと同じ嘘だ。

「なんで二階から落ちたの?」

「違うよ、本当は窓からジャンプしたんだよね」

彩が口をはさんだ。わたしは彩を睨んで「突き落とされたんです」と答えた。これは、新しく思いついた嘘。彩が面白そうに笑った。

「マジか。最近の学校って危ないね。あれ、小学校?　中学校?」

「小学校です」

「怖いなあ、小学校。なに?　いじめとか?」

「いいえ。えっと、クラスにナイフを持ってきてる子がいて、わたしがそれを盗んだんです。それがバレて、突き落とされました」

「やば。最近の小学校どうなってんの。荒れすぎじゃない」

女の人は前のテーブルにもたれて、愉快そうに肩をゆすった。そのすぐ横で、彩もくすくすと笑っていた。笑った顔が、このふたりはすこし似てるかも、と一瞬思った。

「ごめんなさい。嘘です」

「え、嘘？　どこが嘘？」

「突き落とされたんじゃないです。うっかり落ちただけ」

「なんだ、信じちゃった」

「ナイフを盗んだのは本当だけどね」

ちょっと得意げな顔をして、彩が言った。

「ねえ、何歳？」女の人がたずねる。

「十歳です」

「は、十歳って。すごい、若いね。いやもう若いとかいう次元じゃないか。そっか、小学生ってそんな歳か。今一瞬ね、十歳なのにこんな時間にこんなとこにいていいの？　とか思っちゃった。いいんだよね、足が折れてるんだもんね」

「はい」

「はー、そっか。びっくり」

「お姉さんは、何歳ですか」

「私？　私ね、実は今日、誕生日なんだよね」

「え？」

「あのね、だからえっと、十九歳になった」

誕生日。

「おめでとうございます」

「ありがとう」

「誕生日に入院なんて」

「ほんと。ついてないよね」

「なにか、特別なことをしなくちゃ」

「特別なこと？　って、なんだろ」

それはわたしにもわからない。わたしにもわからないことが、この人にわかるだろうか。この女の人は「うーん……」と首をかしげて考えこみながら、窓のほうをちらりと見た。この人の答えを聞きたくて、わたしは黙って待っていた。

「あ、でもね、みなにおめでとうって言ってもらえたんだよね。お医者さんとか、看護師さんに。最初は救急車の人だったかな。ほら、生年月日を聞かれるでしょ？　カルテにも書いてあるみたいで、あ、今日なんですね、おめでとうございます、って。それはちょっと、スペシャルな体験だった」

「へえ……。それって、ディズニーランドみたい」

「え？　ディズニー？」

「はい。誕生日だと、シールがもらえて。それをつけてると、いろんな所でおめでとうって言ってもらえるんです」

「へー、素敵。そう、まさにそんな感じ」

女の人は背中を丸めて、苦しげに笑った。確かに、ちょっと特別かもしれない。正直ちょっと、いいなと思った。

「特別な誕生日ですね」

「そうね、忘れないかも」

でも、それがなんだっていうんだろう。みんなにおめでとうを言ってもらえて、少しうれしい気持ちになる。それがなんなの？ そんなものは、ケーキやごちそうやプレゼントと同じ。うれしいだけで、意味はない。なんの価値もない。やっぱりそれは、わたしが求めている特別さとは種類がちがう。それでも、わたしがすごした誕生日と比べてしまうと、ひとりぼっちで病院にいる彼女の誕生日のほうが、ずっとクールでロマンチックに思えた。孤独でさみしいのが素敵。なにか特別なことを成しとげるような物語の主人公なら、きっとそんな誕生日。

「それに入院してなかったとしたら、今ごろひとりきりで散らかった部屋にいたと思うの。いや、まだ仕事してたかな。でもとにかく今は、こんなにかわいい女の子の幽霊と一緒だし、ラッキー」

「だから、幽霊じゃないです」

「本当かな？　どうだろう。私、霊感強いし」

「そんなに幽霊みたいですか？　わたし」

「うん。なんかね、浮世離れしてる感があるの。神秘的っていうのかな」

女の人はきれいな声でそう答えた。月明かりを受けて、青白く笑う。

「ねえ、名前を聞いてもいい？」

彼女はたずねた。

わたしは一瞬、答えにつまった。このひとはわたしの神秘性に気づいた。たったそれだけのことで、胸がどきどきしてしまう。わかるひとにはちゃんとわかるのだ。このひとはちゃんと気がついて、わたしの名前を知りたがっている。

「……亜耶です」

「あやちゃん。きれいな名前。どういう字を書くの？」

「彩る、という字です」

わたしは答えた。

2

救急車の音が遠く聞こえる。それはだんだんと近づいてきて、外を見ると、屋上がのぞく向かいの棟の、さらにその向こう側の道路が赤く光っている。救急車そのものは見えず、やがて光も建物の陰にはいって、少しすると音も止まった。だれか怪我人が運ばれてきたのだ。それとも病人。同じように外を見ていた彼女と、同じタイミングで視線が合った。

「あなたはなんていう名前ですか」

わたしはたずねた。

「中西《なかにし》美月《みつき》」彼女は答えた。「美しい月って書くの」

「きれいな名前ですね」

心から思って、わたしはそう言った。

「ありがとう。あとね、歳は本当は二十五歳」

「え」

「さっきのはね、冗談のつもりだったんだけど。すんなり受け入れられたから罪悪感わいてきちゃった。ごめんね」

「いえ」

わたしも本当は、十一歳だ。でも、罪悪感なんてわかない。

「なんでナイフを盗んだの？」

美月さんが突然きいた。

「それも嘘？」

「……いいえ。それは本当です。あの……わたしも誕生日だったんです」

「あら、おめでとう」

「そしたら、なにか特別なものがほしいって言い出して」

「言い出して？　誰が？」

わたしはこの人のことを、認めてあげてもいいと思いはじめていた。この人はもう大人で、二十五歳で、決して十一歳のわたしにはおよばないけれど、それでもまだ、神秘性を保って生きているところがあるように感じられる。青白い顔に、ずるりと長い髪に、きれいな声。なにより、見る目がある。わたしが特別な少女だということにちゃんと気づいて、それがどういうことなのかも、正しく理解できる人かもしれない。

「その子です」

わたしは彩を真っ直ぐ指さした。

彩はびっくりしたように目を見開いて、こちらを見返した。けれど、すぐに満面の笑みになった。「紹介してくれるの？」

「その子って？」

美月さんがかすかに首をひねる。わたしが指さしたほうへ。

「そこに女の子がいるんです」

「やめてよ、そういうの。幽霊系苦手なんだってば」

美月さんは弱々しい笑みを浮かべる。自分だって、幽霊みたいな顔をして。

「幽霊じゃないです。でもいるの」

「え、こわ。なに、そこってどこ？　なにがどこにいるの？」

「そこです。でも、本当はそこじゃなくて、ここ」

わたしは窓辺を指さしていた手をほどいて、自分の胸に両掌《りょうて》を押し当てた。胸の中がふわりと温かくなる。

「わたしの、守護霊のようなものです」


幼いころ、わたしにはたくさんの特別な友達がいた。

たいていは同い歳の子供で、でも、年上の子や年下の子、動物の友達だっていた。わたしは彼らと楽しく遊んで、お喋りをして、一緒に眠った。彼らは幼稚園の普通の友達とは少し違った。わたしが彼らの話をすると、父も母もとてもよろこんで、うれしそうに笑ってくれた。わたしにとって、それはなにより重要なことだった。

その子たちの絵を描いてみせて、と、父は言った。そのころはまだ自分の机なんてなくて、画材道具だってたいしたものは持っていなくて、でも、両親が喜んでくれることがうれしくて、わたしは七色かそこらのクレヨンで、床に広げた紙に彼らの絵を描いた。「上手だね」と、母は褒めてくれた。父は上手だとは言わず、「想像力が豊かだね」と言って、やっぱり褒めてくれた。どちらにしろ、わたしはうれしかった。

大きくなるにつれて、少しずつ、特別な友達は消えていった。さみしいとは特に感じなかった。わたしにとって、彼らはもう重要な存在ではなくなっていたから。

でも、彩だけは残した。彩は特別な友達のなかでも、さらに特別。わたしと同じ、神秘性を持った女の子。わたしがわたしでいるうちは、彩は消えたりなんかしない。

「それって知ってる。イマジナリーフレンドっていうやつじゃない？」

美月さんがすぐにそう言い当てたので、わたしはすこし驚いた。その単語を知っている人に、あまり会ったことがなかったから。日本ではあまりなじみのない言葉だと、前読んだ本にも書いてあった。だからわたしも、めったにこの話を他人にしない。彩のことを紹介しようと思える人になんて、出会ったこともなかったし。

「ええ、たぶんそうだと思います」

わたしは胸を張って、ゆっくりとうなずいた。

「あれだよね、小さい子が作る、空想上の友達的な。それが今、いるの？」

「小さい子だって」

彩が笑った。無視をして、わたしは美月さんの間違った知識を訂正する。

「わたしくらいの歳になっても、イマジナリーフレンドをもっている人はいます。もっと大人の人でも。成長と共に消えることがほとんどだけど……残ることもある。そういう、特別な人もいるんです」

その姿を見ることができて、声も聞こえる、空想上の友達。想像力の豊かな幼い子供がイマジナリーフレンドをもつのは、珍しいことじゃない。一緒に遊んだり、おしゃべりをしたり、でも、たいていは大人になるにつれ、想像力も衰えて、そんな友達がいたことすら忘れてしまう、普通の人たちは。もちろん、わたしは違う。

「わたしの友達は、まだそこにいます。それにその子は、ただのイマジナリーフレンドじゃないんです」

彩はわたしを見て、にっこり笑う。なんて無垢な笑顔。

「わたしがどうあるべきか、教えてくれる」

「ちょっと待って、いるって言われるとちょっと怖いかも。違う表現にしてほしいな」

「え……うーん、見える、とか？」

「見えるもまだ幽霊っぽさがある」

「でも、わたしにとってはやっぱりいるし、見えるんです」

「うーん……わかった。そっか、イマジナリーフレンドか。なんかやっぱり、普通の子じゃない感じがするね、あなたは」

美月さんの言葉に、わたしはわからないふりで首をかしげた。特別な子供は、自分の特別さには無頓着《むとんちゃく》なものだと決まっているので。彩がそうだもの。でももちろん、すごくうれしかった。話してよかったと思った。今この時間に、ここにいられてよかった。窓から跳んで、足を折ってよかった。本当の自分が正しく認められるというのは、とてもうれしい、幸せなこと。

「でも、ナイフを盗むなんて。駄目だよ、そんなことしちゃ」

美月さんはそう言うと、ふう、と長く息をついた。長く、でも浅く。呼吸が少し、変だった。

「あの、やっぱり今も、すごく痛いんじゃないですか？」

「うん……そうなの。ねえ、もし私が死んだらあなたが最後にしゃべった女の子だね」

「え？」

「ありがとう、いろいろ話してくれて」

「え……いえ」

また救急車のサイレンが聞こえた。絶えず人が運ばれてくる。たくさんの人が、わたしたちと同じように。この人は本当に死ぬのかな？　と考えた。また少し、胸がどきどきする。わたし、死んでいく人と話している？

「死んじゃうなんて、かわいそう」

彩が言った。それで、どきどきし始めていた胸が落ち着いた。そうだ。死んじゃうなんて、かわいそうなことだ。せっかくわたしを理解してくれた人が死んでしまうのは、わたしも悲しい。

でもやっぱり、少し素敵だと思ってしまう。怪我や病気だって充分ロマンチックだけれど、死んでしまうことにくらべたら敵《かな》わない。こんなふうに考えるのって、残酷なことかもしれないけれど、でも特別な子供なら、残酷なことだって許される。死んでいく人と話すという特別な時間を楽しんでしまうのも、無垢な子供ならしかたない。

「でも、誰だって死んでいく人だよ」

彩が言う。そのとき、浅い息をしていた美月さんが、再び口をひらいた。

「ごめん」

「え？　はい」

「やっぱりだいぶ痛い。限界かも。痛み止めの追加頼みたいから、ナースコール押すね」

「あ……、わかりました」

「怒られちゃうかもしれないからさ、あなたもベッドに戻りなよ」

「はい」

「ボタンを押しただけで来てくれるなんてすごいよね。すごい親切。ＶＩＰ患者みたいな人だけじゃなくて、私みたいな庶民にも使わせてくれるんだね、このボタン。看護師さんなんてめちゃくちゃ忙しいのに、ワンプッシュ五千円くらい取ってもおかしくないよね」

「はあ」

「大丈夫？　立てる？」

「はい」

「おやすみ」

「……はい」

おやすみなさい、と、わたしは立ち上がった。片足で立ち上がるコツがまだつかめなくて、少してこずる。立てたと思った瞬間にバランスを崩して、折れているほうの足を床についてしまった。痛みが跳ねたけど、奥歯を嚙《か》んで黙っていた。我慢できる程度だ。わたしをわかってくれたひとの前で、ちょっと痛いくらいで騒ぎたくない。松葉杖を手に、自分のベッドへと戻る。

途中、背中で、美月さんの抑えたうめき声を聞いた。「死んだら」という彼女の言葉を、もういちど嚙みしめる。たどり着いた自分のベッドのカーテンをずらすと、そこに丸まって彩が寝ていた。わたしは彼女の身体をそっと押して、その隣に横になる。目を閉じて少しすると、病室の扉がスライドして、美月さんが呼んだらしい看護師さんが静かに入ってくる気配がした。


気がついたら朝だった。

目が覚めた瞬間から、自分がどこにいるかわかった。病院のベッドの上。時間を飛び越えたみたいに、深い眠りだった。

カーテンの向こうに人の気配がしていた。廊下のほうからもたくさんの物音が聞こえる。家とはまるで違う朝。ごちゃごちゃした複雑な食べ物の匂いがする。気配が近くなって、カーテンが開いた。

「おはようございます」

知らない看護師さんが立っていた。

「おはようございます」

身体を起こすのがめんどうで、わたしは横になったまま答えた。

「よく眠れた?」

「はい」

「痛みはどうですか」

「えっと……、大丈夫みたいです」

「よかった。じゃあ、体温と血圧を測らせてね」

昨日の人よりもずっと若い、はきはきした感じの看護師さんだ。わきにはさんでね、と体温計を差し出す。

「お父さんかお母さん、何時ごろに来られそうかわかる？」

「たぶん、すぐに来ると思います。仕事の前と言っていたので」

「じゃあ、先生からのお話は一緒に聞いてもらおうね。あ、昨日も言われたと思うけど、手術前だから朝ご飯とお昼ご飯は我慢しなくちゃいけないの。大丈夫そう？」

「はい」

「お腹が空きすぎて具合悪くなったりしたら、遠慮しないで言ってね」

話しながらてきぱきと測定を済ませ、最後ににっこりと笑って、看護師さんは去っていった。少しして、窓際の美月さんのベッドのほうから小さく話し声がした。内容は聞き取れない、けれど、話をしているということは、美月さんはまだ生きている。朝の光の中で考えてみると、もしかして昨日の「死んだら」という言葉は、冗談というか、オーバーな表現だったのかも。

「今日、手術するんだね」

右手側から声がした。見ると、パイプ椅子の上に彩が座っていた。くつを脱いで、ひざを抱えている。

「どきどきするね」

「手術をするのはお医者さんだけど」

わたしは小さくささやき返した。それでもまあ、どきどきするのは、わたしも同じ気持ち。

「ねえ、前に足を切ったときのこと、覚えてる？」

カーテンから声が漏れないように注意しながら、わたしはたずねた。

「うーん、少しだけ」

椅子の上、彩が身じろぎする。ワンピースのすそから、彼女の足にあるピンク色の傷がのぞく。わたしも少しだけ覚えている。怪我をしたとき、七歳だった。前のアパートにいたときだ。わたしたちはお父さんの仕事部屋にこっそり入って、仕事道具を眺めていた。

絵に触ってはいけない、と言われていたことは、子供心にも絶対に守らなければいけない大切なルールだと理解していた。でも、絵の具や絵筆に触ってはいけない、ということは、もう少し緩やかな禁止ととらえていた。乱暴に扱って、汚したり壊したりしなければ大丈夫。セーブルの柔らかな絵筆に触るのが好きだった。小学校に上がって、もう自分の絵の具セットも買ってもらっていたけれど、ぴかぴかの新品の筆は偽物のおもちゃみたいに感じていた。周りの子供たちはあんなおもちゃに無邪気によろこんでいたけれど、わたしは本物を知っていたのだ。

仕事部屋、なんていっても、あのころはただのアパートの一室で、床にはカーペットが敷きつめられていて、窓にはベージュのカーテンがかかっていた。ちょうど今いるベッドのカーテンみたいに、遮光性は弱くて、閉じていても明るかった。カッターナイフを手に取ったことを覚えてる。父が、鉛筆を削るのに使っていた。それから、特になにをした、という記憶はないのだけれど、気がついたらざっくり足が切れていて、ナイフには血がついていた。怒られると思ったから、しばらくじっとしていた。何事もなかったみたいに、どうにか誤魔化すことができないかな、と考えた。でも、床のカーペットにも血が染みてしまったのを見てあきらめた。「泣いたら怒られないかもよ」と彩が言ったので、そんなに痛みは感じなかったけど、泣きながらお父さんを呼んだ。思い返してみると、なんだかあのときの状況って、今と似ている。

「切ったばっかりより、病院で縫ってもらって、その後のほうが痛かった」

「そうだね」

「傷が残るだろうって聞いて、お母さん悲しんでたね」

「うん」

「わたしはぜんぜん悲しくなかったよ」

「だって、うれしかったんでしょ」

「そう。かっこいいもの、傷って」

「怪我した理由がかっこわるいけど。ダメって言われてたのに、遊んでて、自分で切っちゃうなんて」

「なんか、そんなのばっかりだね、わたしたち。いつもかっこわるい。本当は、本当に、ちゃんとかっこよくなりたいのにね」

彩が笑ってそう言うので、わたしも素直に「うん」と返した。立てたひざにあごをのせて、彩はなんだか眠そうにも見えた。彼女が喜びそうな話題を探してみたけれど、わたしもなんだか眠いみたいで、なにも思い浮かばない。

「家族には知らせないことってできますか」

急に、はっきりとした声が聞こえてきた。美月さんの声だ。続いて、看護師さんがなにか返すのが聞こえたけれど、そちらは小声で言葉の中身までは聞き取れない。

「じゃあ、それでお願いします。……はい、タクシー使うので」

はっきりとした美月さんの言葉に、また看護師さんが小さく返す。昨日の夜、痛みにふわふわしていた彼女の声とはちがって聞こえた。きちんと芯のある声。

ベッドの側《そば》を通って、看護師さんが出ていく気配がした。わたしは横たわったまま耳を澄ましていた。少しして、窓のほうからまたひとが歩いてくる気配。ベッドの足元、カーテンの向こうを通り過ぎて、病室と廊下の間にある洗面台のほうへ向かう。水の流れる音が続く。

「なんでそんな、隠れてるの？」

彩に言われて、身体を起こした。折れているほうの足を気づかいながら、カーテンを開ける。洗面台で顔を洗っている美月さんの背中が見えた。

「おはようございます」

声をかけると、小さなハンカチで顔を拭《ふ》きながら、美月さんが振り返った。その顔は、もう昨日のように青白くはなかった。頬や耳のはしがピンク色になって、血が巡っているのがわかる。

「おはよう」

「大丈夫でしたか、昨日の夜、あの後」

「うん、だいぶ楽になったよ。ありがとね、話に付き合ってくれて」

そう笑う美月さんは、やっぱりきちんと意識がここにある感じがして、昨日の浮ついた女の人とは雰囲気が違った。痛みがなくなったのなら、それはもちろんよかった。でも、わたしは昨日の彼女のほうが好きだった。きちんと喋る美月さんはふつうに大人の女の人という感じで、幽霊にはまったく見えない。死んでいく人にも見えない。

今の彼女を相手に、昨日の月明かりの窓辺で、救急車のサイレンを聞きながら話したような気持ちにはもうなれそうになかった。正直言って、がっかりだ。

「今日ね、転院することになったんだ」

美月さんはわたしでも聞いたことのある大きな病院の名前を口にした。

「専門的なとこで見てもらったほうがいいみたいで。さっそく今日移ることになって、だから、もうお別れだね」

「そうなんですね」

「うん。手術頑張ってね」

「はい」

「若いんだから、骨なんてすぐにくっつくよ」

「はい。あの、どうして家族に知らせないんですか」

自分のベッドに戻りかけていた美月さんが、足を止めた。

「あ、聞こえてた？」

美月さんは笑顔でそう答えたけれど、一瞬ちょっと嫌そうな顔をした。

「別に理由はないんだけど、嫌いなんだよね、家族。口うるさいっていうか」

「そうですか」

「あなたもひとりで偉いね。あ、でもひとりじゃないんだっけ？　幽霊がいるんだよね」

「幽霊じゃないです」

「そうそう、ごめん。友達ね」

ちょっと嫌いだ、どこも痛くないこの人は。なんだか、わたしをあなどっている感じがする。昨夜《ゆうべ》はそんなことなかった。きちんとわたしを畏れていたのに。朝になったくらいで、どうして変わってしまうんだろう。美月さんは神秘性を失い、それを感じ取る目さえも失った。それは、とても残念なことだ。

「じゃあね」

「……はい。さようなら」

そしてわたしたちは別れた。わたしはカーテンを閉じて、美月さんはベッドに戻る。

「亜耶？」

「なに」

「なんで悲しそうなの？」

「さあ」

わたしは本当にがっかりしていた。なんて期待外れな人だろう。こんなにあっさりと神秘性を失ってしまうなんて。昨日の夜はとても素敵な人だったのに。特別な夜はあっさりと過ぎ去ってしまった。

わたしは胸の中が空になるくらい深く息をはいて、また仰向けに横になった。天井を見上げていると、「元気だして」と彩が言った。

そう、元気を出そう。まだ平気。まだ大丈夫だ。今日もまたわたしはひとりでここに泊まるのだし、そしたらもっと、美月さんよりもずっと素敵なひとが窓際のベッドに運ばれてくるかもしれない。もっと特別で、幽霊のように神秘的な人が。そう、大丈夫。ちょっ

とがっかりしてしまったくらい、なんでもない。わたしはもう何年もの間、数え切れない
くらいにがっかりして、それでもめげずにやってきたのだから。
病室の入り口に父と母がそろって現れたとき、一瞬とてもほっとして、自分でも驚いた
ことに、ちょっと泣きそうになった。一晩ひとりで過ごしたくらいでこんな気持ちになる
なんて、まるでふつうの子供みたい。でも、彼らがベッドの脇に立ったときには涙の気配
も消えていて、どちらかというとうんざりした気持ちだった。大好きな両親にこんな気持
ちを抱くなんて、やっぱりわたしはふつうと違う。彩は彼らを見もしないで、わたしの隣
で寝そべっていた。

朝の看護師さんがやってきて、担当の先生が忙しくてすぐには来られない、と説明した。
手術の時間に間に合うように、色々な検査を先に済ませましょう、と言う。両親を病室に
残して、看護師さんが押してくれる車いすに乗って、検査室をあちこち移動した。検査は
まあまあ楽しかった。でも、お昼の時間が近くなると、だんだんとお腹が空いてきて、食
べ物のことばかり考えてしまった。彩はずっと、たらこのおにぎりが食べたいと言ってい
た。わたしはおにぎりと、ハンバーガーと、チーズとエビがのった大きなピザが食べたい。

お昼をちょっとすぎたころになって、ようやく病室に帰ってきた。ベッドに戻る前にち
らっと窓のほうを見ると、もう美月さんのいたベッドは空になっていた。それから担当の

先生がやってきて、「うれしい報告があります」と言った。午前中の検査で撮った写真に、骨はきちんとまっすぐになって写っていた、と。

「なので、手術は必要なくなりました。このままギプスで固定して、様子を見ましょう」

先生がそうまとめると、隣に座って話を聞いていた母が「ああ」と深く息をもらした。

「よかったあ」と、わたしの右肩に手をおく。後ろに立っていた父が、同じように反対の肩に手をのせた。先生がうなずく。

「昨夜から、ちょうど良い形に骨が動いたんでしょうね。こういうことも、たまにあります」

「そうなんですね。ああ、本当によかったです」

「ラッキーでしたね。日ごろの行いがよかったのかもしれないね」

先生がわたしに微笑んだ。でもわたしは知っている。日ごろの行いは無関係だ。ずれていた骨が動いてもとの位置に収まったのは、昨夜わたしが、安静にしていろという言いつけを破って病室を歩き回ったからにちがいない。だからわたしは、手術をしてもらえない。

わたしは心底がっかりして、無神経に笑う先生をにらみつけていたけれど、先生はなにも気づかない様子でにこにこ話し続けた。

「ですので、もう退院していただいて問題ないですよ。午後にギプスの型取りと装着をして、あとは自宅療養としましょう」

わあ、よかったねえ、と、母がわたしの顔をのぞき込んだ。まだ先生をにらんでいたわたしは、笑顔を返すのが一拍遅れた。けれど、母もなにも、気づかない。

「食事も、もうとって大丈夫ですか？」

「ああ、大丈夫です。もう昼食の時間は過ぎてしまったので、売店でなにか買うなりしてください。特に制限もないので、好きなものを」

「わかりました」

なにが食べたい？　と母が無邪気にきいた。もうどうでもいい気分だった。なにもかも期待外れでつまらない。だから、帰ったらすぐに絵を描こうと思う。わたしの絵の続き。なによりも大切な絵。だからまだ大丈夫。今はなによりも、あの絵を完成させることが大事。わたしはそう心に決めて、「おにぎりとピザ」と答えた。

3

家に帰って、松葉杖にうんざりさせられる生活が始まった。退院の翌日と翌々日は学校を休んで、そのままゴールデンウィークに入った。うちはいつも平日に遠出をするから、もともとこの連休の予定はなにも入っていなかった。それでも数日間家でじっとしていると、少しずつ気が滅入ってくる。わたしは絵を描き進められるからいいのだけれど、彩が。

それに弟が退屈みたいで、わたしの周りをうろちょろ走り回ってうっとうしい。母は普段どおり仕事で、父も普段どおりに絵を描いている。けれど父は、ゴールデンウィークの間は、わたしにはアトリエに来なくていいと言った。

「退院したばかりなのに、じっと座ってるのも大変でしょ。絵のことは大丈夫だから」

ギプスのはまった足を見て、父は気づかわしげに眉を下げた。

「座ってるくらい別に平気だよ。絵のためなら」

「いや、本当に大丈夫だから。今はとにかく、治療に専念してなきゃだめだよ。あと、あれだ、カルシウム。カルシウム取らなきゃね。連休が終わったら、ね、またお願いするから」

父が作る料理に、カルシウムの豊富そうな魚や野菜が増えた。わたしはお肉のほうが好きだから、これもまた気に入らない。身体の自由が利かなくて、お風呂も不便で、アトリエにも行けない。こんな連休なんて早く終わってほしいけれど、もちろん学校に行きたいわけでもない。わたしは部屋でひとり絵を描いて、絵だけを描いて日々を過ごした。

不便であるということ以外に特別なことはなにも起こらないまま、お休みの最終日になった。お昼ご飯は、チーズはカルシウムが豊富だと調べた父が用意した、チーズフォンデュ。夜ご飯は、お母さんが仕事帰りに買ってきたパックのお寿司。数日ぶりに、明日は学校に行く。

「晴れてるよ」

ベッドの中で、彩の声を聞いた。眠気を振り払ってベッドから下りるころには、彩はもう半そでのワンピースに着替え終わって、窓から外をながめていた。

「よかったね。松葉杖と傘、両方持って行くのは大変だもん」

「そうだね」

わたしは彩とすっかり同じ服に袖を通す。一番のお気に入りの、紺色のワンピースだ。すこしでも気分が上がるように、昨日のうちからそれを着ると決めていた。彩がわたしの前に立って、部屋のドアを開ける。

「みんな元気かな」

振り返らないまま、彩が言った。みんなって誰のことだろう、と思う。わたしは誰のことも気にしない。誰のことも恐れたりしない。

車で送っていこうか、という母の申し出は断った。怪我をした部分以外の筋肉は、できるだけ動かしたほうがいいとお医者さんが言ったのだ。運動不足になると、骨の治りも遅くなるから。休みの間、松葉杖をつきながらでも堂々として見える歩きかたを研究した。だから、道路に出て、周りを歩く子供たちがみなわたしの松葉杖を見ることは、悪くない気分だった。

校門をぬけて、靴箱の前を通りぬけて、ほとんど片足で階段を上っている間は少し緊張していたけれど、教室に入ると、すぐにいろいろな感覚がよみがえってきた。ぎゅうぎゅうに並んだ机の感じとか、その隙間に集まって、あちこちで喋るクラスメイトたちのうるさい声とか、とにかくいろいろな顔の子供が、この空間に寄せ集められていることとか、自分が、その大勢の中のひとりとして扱われていることとか。それでも、わたしはそれを絶対に受け入れたりしないという気持ちとか。

窓のほうに、日奈ちゃんの姿を見つけた。まず自分の席に行こうか、それとも先に彼女に声をかけようか、一瞬迷った。そのとき、わたしの視線に気がついたのか、日奈ちゃんが顔を上げた。「あ」と声を上げるのが、口の形でわかった。同時に、わたしも「あ」とつぶやいていた。窓際に立っている日奈ちゃん、彼女の前の机に座っているのは、猫背の背中に、ぼさぼさの髪。真理花ちゃんだ。

「亜耶ちゃん！」

机のすき間をぬけてこちらに歩いてくる日奈ちゃんの目が、わたしの松葉杖に留まった。

わたしはひとつ、息を吸った。

「おはよう」

「おはよう、久しぶり！　大丈夫？　入院したって聞いたよ。骨折したって。階段から落ちたんでしょう？　まだ痛むの？　大丈夫？」

「うん、もう大丈夫」

頭ひとつぶん背の高い日奈ちゃんを見上げて答えながら、日奈ちゃんのそのせわしない話しかたを懐かしく思った。ほんの一、二週間離れていただけなのに。

「いつ退院したの？　もっとかかるのかと思ってた」

「えっと……先週。完全に治るまでまだかかるけど、もう、学校には来られるから」

「そうなんだ。よかったあ」

日奈ちゃんと話しながら、せまいスペースをなんとか移動して、わたしは自分の席に向かった。机の上に鞄を下ろして、松葉杖を立てかける。顔を上げると、窓際でまだこっちを見ている真理花ちゃんと目が合った。

「あのね、真理花ちゃんと、ちょっと仲良くなったんだ」

日奈ちゃんが早口で言った。

「真理花ちゃんね、喋ってみるとすごく面白いの。ちょっと天然ぽいっていうか。あの、だからね、亜耶ちゃんもきっと好きになると思うよ。仲良くなれると思う」

日奈ちゃんは窓際の真理花ちゃんに小さく手を振った。真理花ちゃんはひかえめに表情を変える。たぶん、笑ったのだと思う。

「そっか」

視線をめぐらせると、真理花ちゃんと前まで仲の良かったルリちゃんたちは、廊下側の机に集まってなにかお喋りをしていた。真理花ちゃんのことなんて、もう気にしているそぶりもない。なるほど、と思った。

「ねえ、嫌だった？」

顔を上げると、日奈ちゃんがちょっと気まずそうに、不安そうにわたしを見下ろしていた。その視線が一瞬、松葉杖にそれた。

わたしの足はまだ不完全だから、「友達」として果たせない機能がいろいろある。体育で一緒のグループになるとか、お互いの都合にあわせて、給食当番や掃除当番を交換するとか。だから彼女は、きちんとぜんぶの機能が備わった真理花ちゃんを手放したくないはず。だけど、前のグループの子たちとごたごたを抱えていて、いまいちさえない真理花ちゃんとふたりだけのグループになるのも、ちょっと嫌なんじゃないかな。だからわたしにも、まだ手元においておく価値はある。一瞬でそんなことを考えた。いかにも日奈ちゃんの考えそうな、人間関係のあれこれを。

「ぜんぜん、嫌じゃないよ。喋ってみたいな」

「よかった！　喋ろうよ」

日奈ちゃんの顔が、ぱっと明るくなった。

「じゃあえっと、もうチャイム鳴るし、次の休み時間に。本当に、絶対好きになると思うよ、真理花ちゃん。真理花ちゃんもね、亜耶ちゃんと話してみたかったって。本当、よかったあ。三人で仲良くできるの、うれしいな」

別にどうでもいい。わたしはこんな些細《ささい》なこと気にしない。クラスの中の人間関係なんて、わたしが気にすべきテーマじゃない。だから日奈ちゃんがうれしいなら、それでどうぞ。そんな気持ちで笑顔を返した。でも、ちょっとだけ考えた。もしもわたしが真理花ちゃんと仲良くなることを拒否していたら、日奈ちゃんはどうしていただろう。わたしと真理花ちゃん、どちらを選んでいただろう。わたしは日奈ちゃんにとって、特別な友達？

そんなことを考えていると、予鈴が鳴った。

休み時間に、少しだけ真理花ちゃんと話した。いつかの体育のときに一度だけ言葉を交わしたときと変わらず、彼女の喋り方はぼそぼそと聞き取りづらくて、反応もにぶかった。うつむきがちな姿勢のせいで重たげなまぶたが真っ黒な瞳に影をおとしていて、表情も読み取りづらい。実はなにか素敵な特技やめずらしい趣味があるなんて話も出てこない。まったく退屈で、とるに足らない子だ。でもいいの。わたしにとっては、ふつうの子はみんなそうなんだから。

次の休み時間には、わたしは保健室のベッドにいた。次の授業は体育で、ギプスのせいで体操着に着替えることも一苦労だから、体育館に行かず休んでいることに決めたのだ。ちゃんと着替えて見学しなさい、と叱《しか》られるかと思ったけれど、保健室に行くことを伝えると、原田先生はいつもの大げさな笑顔を泣きそうにゆがめて「そうだよね、つらいよね」と、わたしの顔とギプスとを交互に見た。いつもクラスの全員に振りまいている慈しみを、ぎゅうっと濃縮させたような視線だった。

「先生が気づかなくてごめんなさい。授業は気にしないで、休んで来てね」

そんな言葉を引き出したうえでベッドにいるのだから、もちろん今のわたしはさぼりではないのだけれど、ここにいるとどうしてもさぼっているような気分になる。薄いベージュのカーテンがわたしを取り囲んでいる。病院のベッドを思い出していた。みんな今頃は体育の授業を受けているのに、わたしは違う。今はもう体操の授業は終わって、運動会の練習を始めていると日奈ちゃんに聞いた。

「東郷さん？」

カーテンの向こうから、養護の先生のひかえめな声が聞こえた。

「はい」

「あ、起きてた？」

「はい」

「甘いモノって好き？」

質問の意味を一瞬考えて、「はい」と答えた。カーテンがそっと開かれた。

「お土産にお菓子いただいたんだけど、一緒にどう？」

先生はちょっといたずらっぽく目を細めて、小さな紙袋を掲げてみせた。ピンクと黄色の、カラフルな袋。見るからに、甘い匂いのしそうな。

「いいんですか?」

「うん、おすそわけ。他の子には内緒ね。アレルギーなかったよね?」

「パイナップルがだめです」

「パイナップル。どうかな、たぶん入ってない、けど、見てみるね」

先生は向かいのベッドに座って、袋を開いた。透明なセロファンに包まれた、焼き菓子のような小さな塊があらわれる。赤や緑の、綺麗な色をしている。

「メレンゲのクッキーっぽいやつね。フランボワーズ、ピスタチオ、シトロン。大丈夫、パイナップルはなし。好きなの選んで。待ってね、飲み物、紅茶でいいかな」

わたしは差し出された包みを受け取った。裏にラベルが貼ってある。全部外国語だった。英語かと思ったけれど、少し違う。

「読めるんですか?」

「ん? なに?」

「これ」

お茶を取りに棚のほうへ立った先生に見えるように、わたしはラベルを向けた。

「ああ、うん。それくらいならね。大学で習ったから」

「何語ですか？　これ」

「フランス語。二年生の早川先生がね、連休に行ってきたんだって」

「フランスに？」

「そう。バックパック背負って、一人旅だって。若い先生はやっぱ、体力あるね」

先生は透明なプラスチックのコップに、紅茶のティーバッグを入れてお湯を注いだ。低いワゴンを押してきて、サイドテーブルにして使う。

「東郷さんは行ったことある？　ヨーロッパとか、海外」

先生は再び向かいのベッドに腰をおろした。

「ないです。遠いところは、弟が小さいうちは無理だって」

「ああ、そうね、遠いよね。長時間の飛行機ってなかなかつらいし」

「でも、向こうの絵はたくさん見ました。父が画集を持ってるので」

「あ、そっか。お父さんが画家なんだっけ」

「はい」

先生に父の仕事の話をしたことはなかったように思うけど、でも、わたしが話さなくても知っていた。やっぱり画家は、特別な職業だからだ。

「すごいよねえ、油画家って。先生の娘も美大出てるんだけど」

「そうなんですか？」

「うん。彫刻やっててね。でも、油画で食べてくのが一番大変らしいって言ってたな。彫刻とか日本画とかは自分で作品作る以外にも、デザインとか修復とか？　そういうつぶしが利くらしいけど、油画はほとんどそれ一本しかない、みたいな。また聞きだけどね」

「先生の娘さんは、何をしてるんですか」

「今はね、なんか、いろんな製品の3Dモデルを作る仕事って言ってた。彫刻とはそんなに関係ないみたい。わたしもね、あんまりよくわかってないんだけど。はい、どうぞ。ちょっと熱いかも。気をつけて」

手渡されたカップはあたたかく、手にしただけで紅茶の良い匂いがした。お茶をひとくち飲んだ後、わたしは焼き菓子の中から赤色のひとつを選んで食べた。甘酸っぱい、いかにも赤い果物っぽい味がした。イチゴのような、さくらんぼのような。

保健室でこんなおもてなしを受けたのは初めてだ。他の子には内緒のお茶会。どうしてこんなに良くしてもらっているのかというと、それはわたしが足を折った子供だからだ。原田先生もそうだった。ギプスをはめたわたしを特別にいたわって、特別な目で見た。先生たちだけじゃない。クラスのみんなも、怪我をしたわたしを興味深そうに、特別なものを見る目で見た。みんな、わたしの怪我に敬意をはらって、畏れてくれる。わたしの神秘性がわかっていなかった人たちも、みんな。

わたしは今、特別な子供として正しい扱いを受けている。

「東郷さんは？」

「え？」

「将来、なにになりたい？」

「わたしは……」

わたしはもう、なりたいものになっている。六歳のころには自分の神秘性に気がついて、それで完璧だった。わたしの夢はあらかじめ叶《かな》っていた。だからもう、なにも失わないようにしたい。齢《よわい》を重ねるごとに失われていく神秘性を食い止めて、六歳のころのままでいたい。わたしが、わたしのままでいられるように。

「えっと……」

「まだ決まってない？」

「うーん……、はい」

「そうだよね。まだこれからだもんね」

先生はわたしの顔を見て、なんだかすこし懐かしそうに目を細めた。なにが「これから」なんだろう。これから、なにが始まるんだろう。人生？　じゃあ、これまではなんだったの？　わたしはこれまでを完璧に生きてきた。それを、「これから」なんかに奪われたくない。大丈夫。足を折ったことで、今わたしは特別さを取り戻しつつある。これからも、こういうことをこつこつ重ねていけばいい。

骨を折ってから初めて学校に行ったその素敵な一日を、わたしは満足して過ごした。次の日も、また次の日も、わたしは幸福だった。

でも、それからさらに数日が過ぎたころ、問題が起きていることに気がついた。ゴールデンウィークが終わってしばらくたつのに、父がわたしの絵を描かない。

三　無垢な女の子

1

自分が特別きれいな女の子ではないということは、もちろんわかっていた。

そう気づいたのは、六歳よりも後だった。たしか、小学校の三年生か、四年生か、そのくらい。とくにきっかけがあったわけじゃない。ただ、ゆっくりと気づいたのだ。わたしは美しい顔をしていない。目は小さくて奥二重、鼻は低く、輪郭は丸い。そのころクラスで流行《はや》ったパーソナルカラーの自己診断では、イエローベースの秋だった。イエローは、ブルーに比べると、神秘的とはいえない色だ。わたしは決して美少女ではない。

でも、わたしはそんなことに傷ついたりはしなかった。テレビに出ている子や、雑誌に載っている子なんかの、一般的な、ありふれた美しさになんて興味はなかった。わたしは人に畏《おそ》れを抱かせる、神秘的な子供の目をしている。わたしの重視するのは、瞳からにじみ出す魂の神聖さ。だから、自分が美しい少女じゃないとわかっても、特別な少女としての誇りを失ったりしなかった。

でも、だからこそ、神秘性を失いたくなかった。わたしは子供だから、幼いから、神秘的だからこそ評価される。のうのうと、ただ幼さを奪われるように成長するわけにはいかない。どうにかして神秘性を食い止めようと考えて、考えて、絵を描くことに決めた。素晴らしい芸術には、人智を超えた力がやどる。わたしは彩の絵を描く。わたしの大切な神秘性の絵を。

朝、目を覚ますとベッドにひとりだった。

隣に彩がいない。

わたしはひとりベッドを下りて、カーディガンを羽織って、部屋を出た。ドアノブに手をかけたとき、指の先に青い絵の具がついていることに気がついた。昨日の夜も、父から盗んだ油絵の具で絵を描いていた。うっかり触った油性の絵の具は水で洗ってもなかなか落ちない。わたしは父がいつも使っているハンドクリーナーのある、一階の洗面台を目指した。

一階の廊下はまだ薄暗く、リビングからもキッチンからも、ひとの気配はしなかった。

今日の母はパートが遅番で、きっとまだ眠っている。今この家のなかで、目覚めているのはわたしだけ。

わたしは洗面台の扉を開き、大きな鏡をのぞき込んだ。鏡のなかに、彩がいた。

父は最近わたしの絵を描かない。いや、きっと描いてはいるのだと思うけれど、アトリエにわたしを呼ばない。モデルを見ずに描いている。わたしが足を折ってから、じっと座っているのは大変だろうと言って、気をつかっている。

そんなよけいな気づかいはいらないのに。座っているのなんてぜんぜん大変じゃないし、たとえつらかったとしても絵のためなら耐えられる。父の描く絵にはそれだけの価値があると知っている。確かにわたしの足にはまだギプスがはめられているけれど、こんな怪我《けが》くらいでモデルを休ませるなんて、わたしが実の娘だからといって、ちょっと甘いんじゃないだろうか。父はそういう、ちょっとぬるいところがある人間だ。父のそういう弱さに対して、わたしは少し不満を持っている。

でも、そんなことよりもっとさしせまった不満は、アトリエに入れてもらえないこと。用事もないのに父の仕事場に入ることはできない。アトリエに入れないと、絵の具を盗めない。その扉の鍵は、父がもっている。

鍵を盗もうか？　と、鏡のなかで彩が言った。

わたしが外を歩くと、相変わらずたくさんの視線が集まる。わたしの松葉杖《まつばづえ》を、子供たちは興味深そうに、大人たちは心配そうに見つめた。近所に住む、挨拶くらいしか交わしたことのないおばあさんは、わたしの姿を認めるたびに「あらあら」とつらそうに眉を寄せ、わたしの怪我に心を痛めているようだった。わたしは痛ましい、壊れやすい、神秘的な子供。校門横の桜の木の側《そば》を通り過ぎるとき、そんなわたしに声をかける者があった。

「おい」

首だけで振り返ると、久保田が立っていた。

ただ短く切っただけの髪に、色のあせたシャツ。さえない小さな目がきょどきょどとこちらを見ている。でも、久保田のような男子がわたしに話しかけるわけがない。わたしは前を向いて、ようやくすこし慣れてきた松葉杖に体重をのせ、ふたたび歩き始めた。

「おい」

久保田がもういちどそう呼んだ。わたしは気にせず歩き続けた。ランドセルをがしゃがしゃ鳴らしながら、久保田が後ろをついてくる気配がする。空を仰ぐと、薄明るい曇り空。雲の向こうに透ける太陽が灰色の濃淡をつくっている。雨の予報はなかったから、今日は一日こんな、ぼんやり光るグレーの空が続くはず。良いお天気とはいえないけれど、こんな薄明るい雰囲気の空が、わたしはわりと好きだった。湿った空気が肌の表面でざわざわして、なんだかわくわくするような、なにか特別なことが起こりそうな気分になれる。

特別なことが起こったことはないけれど。

「おいって！」

久保田が声を荒らげた。甲高く震えるみたいなその声に、わたしは弟を思い出してちょっと笑った。でも、笑っている場合じゃないような気もしている。久保田のような男子がわたしに話しかける理由。思い当たるふしが、ひとつだけある。

「なあ、盗んだだろ」

彩ならなんて答えるだろう。そう思って隣を見たけれど、彩の姿はなかった。盗んでないよととぼけるか、盗んだよと認めるか。ひとりじゃ決められなくて、わたしは黙って歩き続けた。かたくなに振り返らずにいると、後ろで鳴っていたランドセルの音が止《や》んだ。ひとり立ち止まった久保田が、今にも泣きだしそうな子供の目で、わたしの背中をにらんでいる気がした。


ナイフを盗《と》ったことが久保田にバレたみたい。

本当にバレたのかどうかは、まだちょっとわからない。久保田はどの程度の確信をもってわたしに声をかけてきたのか。そもそも、なんで今ごろになってわたしが犯人だという可能性を思いついたのだろう。ナイフを盗んだ誕生日は、もうひと月近くも前なのに。

「ねえ、なんか久保田こっち見てない？」

朝の会が始まる前の退屈な時間、いつものようにわたしの机の側にやってきていた日奈ちゃんが、その視線に気がついた。わたしはずっと気づいていた。教室に入ってからずっと、久保田はちらちらこちらを見ている。

「そう？」

「うん。絶対見てる。なんども目が合うもん」

「嫌だね。なんでだろう」

わたしはそうとぼけてみせた。日奈ちゃんは「ほんとやだ」と眉間にしわをよせた後、顔をよせて声をひそめた。

「ねえ、もしかして久保田、亜耶ちゃんのことが好きなんじゃない」

「え、やだな。わたしじゃなくて、日奈ちゃんじゃない」

「えーわたしもやだよー」

日奈ちゃんは楽しそうに高い声をあげた。

「それかさ、真理花ちゃんかもよ」

にこにこ上機嫌に笑いながら、日奈ちゃんはわたしの机の反対側に立っていた真理花ちゃんに話を振った。ぼんやりとした表情で話を聞いていた真理花ちゃんは、首を曲げて久保田のほうを見た。わたしは、真理花ちゃんがどんなふうに答えるのか気になった。

真理花ちゃんは面白い子だと、日奈ちゃんは言った。ちょっと天然ぽくてね、と。わたしも彼女と行動を共にするようになって、もう一週間がたつ。最初は、日奈ちゃんは真理花ちゃんのぼんやりしたところや、ちょっとひとより冴《さ》えない部分をポジティブに表現しようとして、「面白い」なんて言葉を使ったのかと思っていた。そうしないと、わたしが彼女と仲良くするのを嫌がるかもしれないから。とるに足らない子、というのが、わたしの彼女に対する評価だった。でも最近、少しずつ、日奈ちゃんの言っていた感覚がわかるような気がしてきている。

「ぜんぶ違うと思う」

真理花ちゃんはぼそっと、でも、それでいてはっきりと言った。

べつにわたしも日奈ちゃんも、本気で久保田がわたしたちの誰かを好きだなんて考えていたわけじゃない。ただ、そうだったら面白いねというだけの会話を楽しんでいた、それだけ。真理花ちゃんの言葉でわたしたちの話は勢いをそがれたけれど、日奈ちゃんはぜんぜん嫌そうじゃなく、期待を込めたような目で、「じゃあ、なんだと思う？」とたずねた。

真理花ちゃんは「うーん」とまた数秒考え込む。わたしはまた、彼女がどう答えるのかが気になる。

「たぶんね、わたしたちと話がしたいんだと思うよ」

さっきよりもさらに小さな声で、真理花ちゃんはつぶやく。

「えー。それってやっぱり、わたしたちの誰かが好きってことなんじゃない？」

「ううん。好きとかじゃなくて、ただ、仲間に入れてほしいんだと思う」

「仲良くなりたいってこと?」

「うん」

今にも消え入りそうな声で、真理花ちゃんはうなずいた。

どこまでも自信がなさそうに話すくせに、真理花ちゃんの話す内容は、ゆるぎなく彼女自身の意見だった。真理花ちゃんは、ひとに合わせるということをしない。こんなささやかなおしゃべりでも、なんとなく場の雰囲気に合わせててきとうな相づちをうつということをしない。

「ほんとに仲良くなりたいならさあ、仲間に入れてあげなくもないよね」

日奈ちゃんはいたずらっぽく微笑《ほほえ》んだ。真理花ちゃんと話すとき、日奈ちゃんはなんだか気楽そうだ。というか、真理花ちゃんと話すようになってから、彼女はわたしや他の子たちと話すときも、前よりずっと気楽そう。ふたりで話すとき、前までは、ああ、今わたしは日奈ちゃんに顔色をうかがわれているな、という気配がいつもしていた。それがなくなった。真理花ちゃんがそう変えた。

「そうだね」

ぼそっと呟《つぶや》いたその声が、不思議と力強く聞こえる。

彼女はたぶん、空気が読めないのだ。というか、空気を読む、読まないなんていう感覚が、そもそもないような感じ。真理花ちゃんは、ひとの顔色をうかがうことをしない。それってなんだか……。

「久保田くん次第かな」

特別な女の子という感じがする。

チャイムが鳴った。じゃあ、また後でね、と、日奈ちゃんが離れていく。他にも席を立っていたクラスメイトたちが、がたがたと移動をはじめる。それでも真理花ちゃんは、わたしの席の傍らにぼんやりと立ったままだった。わたしは顔を上げた。

「久保田くん、さあ……」

真理花ちゃんは猫背の背中をさらにまるめてわたしに顔をよせると、もうほとんど空気漏れのようなかすかな声で、言った。前髪のすき間からのぞく目はやっぱり、虹彩《こうさい》がわからないくらいに真っ黒だった。

「ナイフを返してほしいんじゃない？」


彩ならどうするだろうと考える。それはわたしがどうしたいかと考えるのと似ているけれど少しちがう。屋上へ続く階段のところで彩を見つけた。屋上へ出る扉の前の一番上の段に腰かけて、立てたひざに両ひじをのせて、手であごをささえて遠くを見ていた。わたしは片足で階段を上がって、彼女の隣に座り久保田と真理花ちゃんの話をした。

「ばれちゃったみたい。まだわからないけれど」

「うーん……どうしようね」

「どうしよう」

「知らんぷりする？」

「それはどうかな……。どっちかだけならいいけど、ふたりにばれてるってなると」

「じゃあ、ちゃんと話をしてみるのがいいんじゃないかな」

言われてみると、それがいい気がした。たとえ全部がばれていたとしても、わたしは久保田も真理花ちゃんも怖くない。話くらい、してあげていい。

「そうしよう」と答えて、わたしは立ち上がった。手すりに体重をかけて、片足で下りる。階段の上り下りにも、だんだんと慣れてきた。

振り返ると、彩はまだ階段の一番上の段に、同じ姿勢で座っていた。ついてこないつもりみたいだ。「そこでなにしてるの？」と、わたしはたずねた。

「鍵が開くのを待ってるの」

彩はにっこり笑って答える。


給食の時間、当番を代わってくれた日奈ちゃんが給食室へといなくなったのを見計らって、わたしは真理花ちゃんを南校舎階段の踊り場に連れてきた。ちょっと一緒にきてほしい、と、理由はなにも伝えなかったけれど、真理花ちゃんは「いいよ」と従った。給食時間の騒がしさにまぎれてやってきた踊り場に、ひとの気配はなかった。美術室のほうからは前の授業で使われたらしい絵の具の匂いが、下の階からは、給食の匂いがただよってきていた。

窓の下で立ち止まると、真理花ちゃんは「なあに？」ときいた。

「どうしてわたしが久保田のナイフを持ってるって思うの？」

単刀直入にたずねる。真理花ちゃんは一瞬首をかしげたあと、「どうしてって？」と聞き返した。

「さっき、久保田はナイフを返してほしがってるんじゃないかって言ったよね」

「うん」

「真理花ちゃんは、わたしが持ってるって思ってる？」

「うん」

「どうして？」

「え……、それは、考えたから」

真理花ちゃんは、そんなの当然でしょうというような、きょとんとした顔で答えた。

「あのとき、次の授業のときに、亜耶ちゃんだけ音楽室にこなかったし。それで、久保田くんたちが最後に音楽室に来たの、覚えてるよ。それからナイフがなくなったわけだから、亜耶ちゃんが隠したのか、盗ったのかなって」

「でも、久保田が自分で隠したって思わない？　怒られるのを察して」

「でもあのとき、久保田くんすごい焦ってたから。他の男子にも聞いて捜してるみたいなとこ、見たの。それで、亜耶ちゃんかなって。違うの？」

「……違わないけど」

「そうだよね」

「……ねえ、それ、どうして先生に言わなかったの？」

真理花ちゃんがルリちゃんたちのグループを追放されたのは、久保田がナイフを持ってきたというのが真理花ちゃんの勘違いであるとされたせい。でも本当は、真理花ちゃんが正しかった。久保田のナイフをわたしたちが盗んだ。真理花ちゃんがそのことに気づいていたというなら、それをみんなに話していたら、自分の正しさを証明できて、仲間外れだってまぬがれたかもしれないのに。

「証拠がなかったから」

真理花ちゃんはなんでもないことのように言う。

「えっと、ひとを疑うのに、状況証拠だけ、っていうのは、よくないかなって。原田先生ならそんなふうに言うんじゃないかと思って。原田先生、わたしより、亜耶ちゃんのこと気に入ってるし。それで亜耶ちゃんじゃなかったら、わたしも、困るし」

「でも……」

もし真理花ちゃんが言っていたら。もしもわたしの荷物が調べられていたら。

「そのせいで、真理花ちゃん、ルリちゃんたちに仲間外れにされたでしょ」

わたしは職員室に呼び出しを受けたり、親も呼び出されたり、人を傷つけることの罪深さみたいなお説教を受けたり、もしかしたら教室で、みなの前でつるし上げられちゃったりして。自分が世界一ださい子供だと知ることになっていたのかも。

「それって、わたしのせいだよね。わたしに怒ってないの？」

「え……べつに」

わたしはいつだって一生懸命考えて、特別な女の子であろうと頑張っているのに、どうしてこうなんだろう。神秘性を守らなきゃいけないのに。どうしても、結局はださいことをしている気分になる。

「ルリちゃんたち、もともとわたしのこと、あんまり好きじゃない感じがしてたし。だから、亜耶ちゃんはそんなに関係ないと思う」

ひと気のない踊り場では、真理花ちゃんの小さな声もはっきりと聞こえた。その言葉は、冷静で、論理的に聞こえた。「そう」とわたしは答える。「そう……わかった。じゃあ……、戻ろうか。その、ナイフのことが聞きたかっただけだから」

わたしは松葉杖によりかかっていた身体をまっすぐに伸ばして、にっこり笑ってみせた。

真理花ちゃんはうつむきがちな無表情のまま、うん、とだけ答えた。愛想笑いのひとつもしない。ちょっと、この子のことが嫌いになりそうだった。こんなの八つ当たりだけど。

こちらに背を向けて階段を上り、先に廊下への角をまがった真理花ちゃんが、「あ」と声をあげ立ち止まった。追いついた背中の向こう、ちょっと驚いたみたいなまぬけな顔で、久保田が立っていた。

「ついてきてたんだ」

真理花ちゃんがぼそりとつぶやく。

久保田は「う」、と「お」の中間みたいなうめき声をあげて、わたしたちから一歩、後ずさった。

「なんなの？」

わたしは一歩前に出て、真理花ちゃんに並んだ。久保田の姿を見た瞬間、なんだかすごく意地悪な気持ちがわいた。後をつけてくるなんて、生意気。久保田なんて、どうでもいい、くだらない、ただのふつうのださい子供のくせに。

「返せよ」

「なにを？」

「やっぱりおまえが盗ったんじゃん！　今、話してた」

「盗み聞きとか最低」

「は？　お前なんてほんとに盗んでんじゃん。もっと最低だろ」

わたしは返す言葉につまった。久保田の言うとおりな気がしたから。それでも胸をはって、負けない気持ちで相手をにらんだ。久保田は少しのあいだ、頑張ってこちらをにらみ返していたけれど、すぐに顔をゆがめた。

「なあ、いいから返してよ」

泣きだしそうな声で言う。「マジで」と切実そうに付けくわえるのを聞いて、意地悪な気持ちが薄れた。ちょっとは可哀想になった。

「でも……まだ、本当にわたしが盗ったかなんてわからないでしょ。それになんで、今さらそんなこと言うわけ。もう一ヶ月近くも前の話なのに」

「……親父にばれたんだよ」

おやじ、という言葉を、久保田は不器用に発音した。

「お父さんのナイフだったの？」

「うん……俺が持っていったことはたぶんまだばれてないけど、なくなったの気づいて捜してる。はやく返さないと、俺だってばれたら殺される」

殺される、という言葉を、久保田はなめらかに発音した。こわいお父さんなのかもしれない。こわいお父さん、というのがどういうものか、わたしにはあまり想像がつかない。

「返してあげたら」

真理花ちゃんが口をはさんだ。

「学校にナイフを持ってくるのも駄目なことだけど、ものを盗むのも悪いことだと思う」

ものすごくあたりまえの、そんな正しいことを言う。ここで反論したら、意地をはっているみたいに見えるかもしれない。まるでわたしがバカな男子を相手に、むきになっているように見えるかも。

「いいよ」

わたしはうなずいた。

「返してあげる」


放課後、久保田がうちに来ることになった。明日学校にもっていくと言ったのに、明日じゃ遅いと騒ぐから。久保田ひとりをうちに招いたと万が一にでもまわりにばれるのが嫌だったので、真理花ちゃんも誘ってみた。真理花ちゃんは「いいよ」と、シンプルにうなずいた。さらに念のため、わたしたちはばらばらに教室を出て、学校からすこし離れた公園で待ち合わせることにした。

ブランコと鉄棒があるだけの小さな公園、ひとりぽつんと待っていた久保田を伴って、家への道を歩く。こっち、とわたしが先導するけれど、当然みんな松葉杖のゆっくりした歩調にあわせることになる。最初黙ってついてきていた久保田はのろのろした歩みにじれったくなったようで、やがて口を開いた。

「つーか、なんで盗んだりしたんだよ」

なんで。なんでだったっけ。

数秒考えて、思いだした。彩が欲しいと言ったから。誕生日だったからだ。

「忘れちゃった」

「泥棒。最低だな」

「わたしが隠してあげてなかったらすぐ先生に見つかってたよ。そしたら親にも連絡されて、お父さんにもばれてた」

「うっせえよ」

久保田は肩に背負っていたランドセルを手にもって、それを蹴《け》りながら歩いた。ガシャガシャと頭の悪そうな音がする。

「久保田はなんでお父さんから盗んだの」

「盗んでねえよ。借りただけ」

「なんで借りたの」

「べつに」

「お父さんはなんでナイフなんて持ってるの」

「知らねえ」

「お父さんって、こわい？」

「うん……めちゃくちゃこわい」

久保田はそれだけは素直に答えた。こわい父親というのが、やっぱりわたしにはいまいち想像できない。わたしの父は甘すぎるくらいに優しくて、怒ったところを見たことがない。わたしが絵の具を盗んでいたことを知ったら、父も怒るだろうか。

「真理花ちゃんちは、どんなお父さん？」

黙って歩いていた真理花ちゃんが、かすかに顔を上げた。

「あんまり会ったことないから、わかんない」

「へえ……、そうなんだ」

「なんで会ったことねえの？」

久保田がデリカシーのない質問をする。

「外国にいるから」

「へー！」

久保田が大きな声をあげた。でも、わたしは黙っていた。外国なんて、べつに珍しくもない。飛行機に乗れば誰だって行ける。きれいな絵を描けるほうが、ずっと特別。

家についたとき、門を開けるわたしの後ろで、久保田が「わあ」とさっきよりも大きな声をあげた。真理花ちゃんもいつもよりすこしだけ通る声で、「きれいなお家《うち》」とコメントをくれた。それで、少し気分がよくなる。家が褒められてうれしい。緑色の屋根の、三階建てのお家。わたしの絵を描いたお金で手に入れたのだ。

「おじゃましまーす」

わたしの「ただいま」に続いて、久保田と真理花ちゃんの声が連なる。すぐに二階から足音がした。今日は、母のパートは遅番。父と弟が家にいるはず。見上げると、玄関から吹き抜けになった階段の手すりから、ちょうど弟が顔をのぞかせた。

「おかえりなさい」

弟はそう言ってじっとこちらを見下ろす。見下ろすだけで、下りてこない。好奇心はあるくせに、人見知り。

「弟？」

久保田がたずねた。

「うん」

「いいなあ」

弟の後ろから、父が顔を出した。

「ああ、お帰り。いらっしゃい。お友達？」

「そう。ちょっと、わたしの部屋に。渡すものがあるから」

くつを脱いで、玄関に上がる。久保田と真理花ちゃんが、ちょっとぎこちない動作でそれに続いた。

「うちで遊ぶのめずらしいね。あ、後でお菓子とかもってくよ」

「ありがとう」

階段を上り、わたしたちが二階の廊下にさしかかると、弟がさっと部屋の中に隠れた。父の前を通るとき、父は久保田と真理花ちゃんに向かって、「遊びにきてくれてありがとうね」と微笑みかけた。遊びにきたわけじゃなくて、盗まれたナイフを取り戻しにきたのだ、とは誰も言わなかった。父も部屋の中に消えると、緊張した様子だった久保田が口をひらいた。

「なんでお父さんが家にいるの？」

母家に弟しかいないときは、父はこちらで仕事をしている。アトリエ以外では絵は描かないけれど、構想を練ったりだとか、メールを返したりだとか、いろいろ細かい仕事をしている。そういう説明が面倒だったので、「家で仕事してるから」とだけ答えた。

「ふーん」

「画家の仕事にもいろいろあるの」

「がか？　がかってなに？」

「え……、絵を描くひと」

「へー！　すげーじゃん」

「うん。……知らなかった？　わたしの父が、画家だって」

「え？　うん」

「そう……真理花ちゃんは？」

「わたしは知ってたよ。日奈ちゃんから聞いたから」

「そう」

三階へと上がった。突きあたり、一番奥がわたしの部屋。扉を開けると、すこしだけ絵の具の匂いがする。

「どうぞ」

入って正面の壁に、小さな窓。右奥に勉強机。その右手の壁には大きな窓。左手奥には、天蓋《てんがい》つきのベッド。すみれ色のカーテンは半分閉じられたままで、部屋全体が薄暗い。天井にちらばるのは、光を吸って暗闇で光る星形のシール。この部屋に引っ越してきてすぐに、母と、彩と一緒に、椅子に上って貼ったのだ。

「その辺、てきとうに座って」

ベッドのかたわら、クッションを並べているあたりを指し示して言った。「素敵なお部屋」、と、真理花ちゃんがまた褒めてくれる。彼女に褒められるとうれしい、と気づいた。

クッションに座るふたりを横目で見ながら、わたしは机の前に立った。

一番下の引き出しのなかに、わたしが描いている彩の絵と、ナイフが入っている。絵は誰にも見せられない。絵を描いていることを知られるのも嫌だ。ナイフだけを、こっそり取り出そう。

引き出しに手をかけたとき、でも、と思った。

彩がわたしたちの誕生日のために盗ってくれたナイフ。こんなにあっさりと返してしまっていいのだろうか。せっかく手に入れたナイフなのに。わたしはこれで、なにもしていない。意味のあることをなにも起こしていない。そもそも盗んだことが間違いで、真理花ちゃんの言うとおり、人からものを盗るなんてだめ。返すのが正しいとわかっている。でも返してしまったら、またわたしから特別さが減る。わたしは盗んだナイフを机のなかに隠し持っている特別な女の子じゃなくなる。ナイフを失うのは十歳を失ったときの気持ちに少し似ていた。もう充分失っているのに、せっかく得たものをまだ失うの？

「なあ、はやく返してって」

久保田が言った。わたしはすこし考えて、「待って」と答えた。

「どこにしまったか忘れちゃった。捜すから、ちょっと待ってて」

「はあ！　なんだよ、ひとのもん失《な》くすとか」

「失くしてない。捜せばあるんだから」

そのとき、部屋の扉が薄く開いた。顔をのぞかせたのは、弟。丸い目をきょろきょろさせて、クッションに座るふたりを見る。人見知りのくせに人が好きなのだ。遊んでほしいのだろうなとわかったけれど、「いそがしいからあっち行って」とあしらった。扉にしがみつく弟はちょっとだけうろたえたような顔をして、でも、その場を去らずにぐずぐずしていた。もういちど強い口調で追い払おうとしたとき、久保田が「弟何歳？」と声をかけた。

「五つ下。ショウ、出てって」

「ショウくん、六歳だよ」

「ふーん。一緒に遊ぶ？」

わたしはすごく驚いた。久保田が小さい子供にそんなふうに声をかける人間だなんて、知らなかったから。それでも弟はしばらく廊下でもじもじしていたけれど、やがて跳ねるように部屋に入ってきた。その手には、弟が最近買ってもらったばかりの音の鳴る車の図鑑が抱えられていて、やっぱり最初から、遊んでもらうつもりで上がって来たのだ。うっとうしい。

わたしは彼らを無視して、引き出しをひとつひとつ開けて、ナイフを捜しているふりをした。一番下の引き出し、カンバスと絵の具が詰め込まれた底に、銀色のナイフが入っている。どうしよう。返す？　返さない？　彩の意見を聞きたい。

「前読んだお話に、ナイフが出てきたよね」

机の椅子に座っていた彩が言った。

「お母さんの本棚で見つけた本。いろんなお話がはいっているやつ。覚えてる？」

子供たちの話。

「うん、覚えてる」

「ちょっと怖い表紙だった。童話って書いてたけど」

とてもよく覚えている。グリム童話の初版に出てくるお話をまとめた本だった。彩の言う「ナイフの出てくるお話」は、たぶん、ごっこ遊びの中で友達を殺してしまった、幼い子供たちの話。

――とある田舎ののどかな村で、子供たちが遊んでいた。子供たちは、大人のまねをした「ごっこ遊び」をするのが好きだった。あるとき彼らは、「家畜の豚をお肉に処理する」ごっこ遊びをはじめて、豚の役、豚を押さえる役、豚の首を切る役を決めた。豚の首を切る役の子供が大きなナイフを持って、他の子供に押さえつけられた豚の役の子の首を切ると、豚の役の子は当然血を流して死んでしまった。これを知った大人たちは大騒ぎになり、子供を殺してしまった彼らをどうするべきか、みんなで話し合った。

――恐ろしい殺人を犯した子供たちは死刑にするべきだという意見が出た。反対に、子供たちはただ「ごっこ遊び」をしていただけで、自分たちのしでかしたことの恐ろしさもわかっていないのだから、無罪にするべきだという意見も出た。どちらの意見もそれなりに正しいように思えて、大人たちはすっかり困ってしまった。そのとき、村で一番年上の村長さんが、では子供たちに、金貨の入った袋と真っ赤に熟したリンゴを差し出し、どちらが欲しいかたずねてみよう、と提案した。

――もし子供たちが金貨を選んだら、彼らには分別があり物の価値がわかっている、そのうえで罪を犯したということだから、そのときは死刑にしよう。けれどもしリンゴを選んだら、彼らは分別のつかない無垢《むく》な子供であり、彼らの行為は純粋な遊びだったということだから、そのときは無罪としよう。

大人たちは村長さんの素晴らしい提案を受け入れて、さっそく金貨とリンゴを用意した。

――金貨とリンゴを差し出された子供たちは、おおよろこびでリンゴを選んだ。

――そうして子供たちは、みんな無罪となった。


最初に読んだとき、少し怖かった。だってわたしは、子供たちが無垢であるかなんて、本当はわからないと思っていたから。子供たちはリンゴを選んだ。でも、そんなことが無垢である証明になる？　わたしだってリンゴを選べる。わたしは無垢だから、もちろんそうだ。でも、たとえわたしが無垢じゃなかったとしても、リンゴを選ぶ。わたしは馬鹿じゃないから。

「だれが豚の役をやる？」

彩がたずねた。その視線は一番下の引き出しの中、銀色のナイフにそそがれている。わたしは振り返って、クッションに座る三人を見た。

「やるなら、弟」

「やっぱり！　わたしもそう思ったの」

彩はにっこり笑顔になる。

「でも、やらないよ。ごっこ遊びなんて」

「そうなの？　でも、わたしもリンゴを選べるよ」

「わたしだって」

「そうだよね。わたしたちもちゃんと、無垢だって証明できるよ」

もちろんだ。だってわたしは、六歳のころには自分の神秘性を理解していたから。理解している子ならリンゴを選ぶ。そうして、大人たちにわからせてやるのだ。自分がどんなに無垢で、神聖な生き物なのか。法で裁くことなんてかなわない、特別な存在なのか。

「弟なら、もしかして金貨を選ぶかも。ああいう子は、大人がなにを試そうとしてるのかも気づかないで」

「ああいう子は、豚の役だよ」

彩は楽しそうに笑う。床に広げた図鑑をのぞき込んで、なにか熱心に久保田や真理花ちゃんに説明をしている弟。もうすっかり二人になついているみたいだ。たしかに、あの子ならよろこんで豚の役をやりそうだ。わたしなら絶対にやらない。六歳のときだって、絶対にやらなかった。わたしには分別がついていたから。

「じゃあ亜耶って、六歳のころから無垢じゃなかったの？」

「ううん。そうじゃない」

『無垢な子供特有のどこか畏れすら感じさせる神秘的な目がいきいきと描き出されている』

わたしは誰より無垢だった。父の絵がその証拠。神秘的なわたしの目。その目が見たい。今、久しぶりに、わたしはわたしの絵が見たい。

「見に行こうよ」

「……だって、アトリエに入れないもの」

「鍵を盗もう」

にっこりほほ笑んでくれる彩。そうだ、そうしよう。神秘性を持ったわたしを確かめてからじゃないと、ナイフを返せない。


別の場所を捜すと言って、三人を残して部屋を出た。わたしのものに勝手に触ったら許さないからね、と弟にきつく言っておいたけれど、あの子は初めて遊んでくれる年上の二人に夢中のようだから、心配いらないだろう。二階の廊下まで階段を下りると、下のキッチンから物音が聞こえた。父がなにか、お菓子の準備でもしているみたいだ。わたしが家に同級生を連れてくるなんて珍しいから、張り切っている。二階の廊下に面した真ん中の部屋が、父の書斎。その扉が薄く開いてた。父が階段を上って来てもすぐには見つからないように、わたしは床にひざをついて、四つんばいになって扉に向かった。今の自分はちょっと、だいぶ、かっこわるいかもしれないとは思ったけれど、大切な鍵を盗むためなのだから、仕方ない。

そっと扉を押して部屋に入る。正面に、ベランダに出られる大きな窓がある。半分だけ閉じられたカーテンの間から、白く曇った空が見えた。なにかが起こりそうな、落ち着かない曇り空。すぐに右手奥の大きな机に取りかかった。父が鍵をこの引き出しのあたりにしまっているのを前に見たことがある。記憶のとおり、二段目の引き出しから鍵の束が見つかった。家の鍵やスーツケースの鍵がまとめてキーホルダーにくっついている。すこし考えて、その中からアトリエの鍵だけを外すことにした。いつも見ているから、どれがその鍵かは簡単にわかった。

硬いボールチェーンから外した鍵を握りしめると、胸がどきどきした。ものを盗むのはいけないことだ。でも、わたしは無垢な子供だからいいの。人殺しだって許されるんだから。部屋を出ようとしたとき、下からキッチンのスライドドアの開く音がした。ほとんど間をおかずに、一段一段、階段を上ってくる足音が聞こえた。父が来る。

わたしは身体を引いて、廊下から陰になる机と扉の間に身をひそめた。足音はテンポよく近づいてきて、あっという間に二階の廊下に到達する。扉の向こう、すぐそこを父の影が通る。そして、あっさりと通り過ぎていった。またテンポよく階段を上る音がして、三階、わたしの部屋の扉がノックされる。「はーい！」と、弟がこたえた。

「おやつもってきたよー。あれ？　お姉ちゃんは？」

「お姉ちゃんはトイレ！」

「そっか、じゃあ、ここに置くね。あ、危ない危ない、さわんなくていいから。ほら、そっち座って。ああ、ありがとねえ、ショウくんとまで遊んでもらっちゃって。ショウくん、あんまりお姉ちゃんお兄ちゃんの邪魔しちゃだめだよ」

「邪魔してないよ！」

上の声を聞きながら、わたしはそっと父の書斎を出た。手すりにつかまって立ち上がる。鍵は、ワンピースの左のポケットに入れた。三階への階段を見上げたところで、ちょうど父が下りてきた。

「あ、お姉ちゃん」

父は、弟がいるところではわたしを「お姉ちゃん」と呼ぶ。最近は、いないところでも。

「おやつもっていったよ」

「ありがとう」

「ショウくん、邪魔してない？」

「うん、ぜんぜん。ちょっとうるさいけど」

苦笑いを浮かべる父とすれ違って、わたしは部屋に戻った。絵の具のかすかな匂いに混じって、甘い匂いがした。

「あ、亜耶ちゃん。おいしいよ」

真理花ちゃんたちはクッションに座って、父の持ってきたおやつを食べていた。ホットケーキミックスを使って、バナナやチョコチップを入れて焼いたパンケーキ。すごく簡単にできるのにとてもおいしくて、よく父が作ってくれる。

「見つかった?」

ケーキを頰《ほお》に入れたまま、久保田がたずねた。わたしは黙って首をふる。久保田は顔をしかめて、でも、弟がいるせいか、さっきまでのようにうるさく追及はしてこなかった。わたしもケーキに手を伸ばしながら、これを食べ終わったら、今日はもうふたりには帰ってもらわなくては、と考えていた。わたしはアトリエに行くのだ。

弟がぐずったせいで、玄関を開けたときにはもう日が暮れかかっていた。

弟は父に押し付けて、わたしは、ふたりを送っていくと言って家を出た。実際、松葉杖を手に門を出て、六歩くらいは送った。「じゃあね」と立ち止まると、久保田は振り返ってこちらをにらんだ。

「本当に、ぜったい、明日まで見つけてもってこいよ」

「うん。もってくって」

「もってこなかったら、ぜんぶ先生に言うからな」

「わかってる、明日ね。今日は弟と遊んでくれてありがとう」

「いや、それはいいけど……」

「真理花ちゃんも、明日ね」

「うん。ばいばい」

　小さく手を振って、歩いていくふたりをすこしの間見ていた。分かれ道までの間、ふたりはどんな会話をかわすんだろうと考えると、ちょっと面白かった。わたしは門まで引きかえして、玄関ポーチを横目にアジサイの葉の茂る裏手に回った。中庭に出て、植物の匂いのする湿った空気を胸いっぱいに吸い込む。懐かしい気持ちになった。アトリエに行かないと、庭に出る用事もない。飛び石の上だけに松葉杖をつくように、気をつけながら進む。アトリエの入り口、白い扉までたどり着いて、いちど振り返った。

　背の低いハナミズキが生えている向こう、枝の隙間《すきま》から、母家の窓が夕焼けを受けて光っているのが見える。はしにある和室からは、この扉のあたりが丸見えになる。でも父はキッチンで夜ご飯の準備をしていたし、弟の身長ではあの部屋の窓からはのぞけないはずだ。わたしは鍵を差し込んで、回した。指さきに金属のこすれる軽い感触が伝わった。

　鍵が開いた。

ドアを開けてなかに入る。すぐに内側から鍵をかけた。

なにも変わらない、いつもどおりのアトリエだった。窓からはやわらかい西日が射《さ》していて、あちこちに立てられたイーゼルが長い影を伸ばしている。油絵の具の匂いを胸いっぱいに吸って、わたしは自然とほほ笑んだ。本当になにも変わらない、けれど、ひとりでここに入るのははじめてだ。わたしのアトリエに戻ってこられた。足が折れていなかったら踊り出したいくらいに、幸福な気分だった。

なにをしにきたのか思い出すのに、すこし時間がかかった。絵を見に来たんだ。それから、絵の具を盗もう。必要なものは、ぜんぶ持って行こう。邪魔な松葉杖を壁に立てかけて、わたしは足を引いて歩く。念のため、窓にはあまり近づかないように気をつけた。わたしの描かれているカンバスは、いつも部屋の中央のイーゼルに立ててある。カンバスは扉のほうを向いて、入り口から入って、すぐにその絵が見える角度にある。奥の椅子にわたしが座るから、モデルを見ながら描くための位置。わたしを基準にした角度だ。

でも今は、壁のほうを向いていた。そうか、今の父は、モデルを見ないで描いている。怪我をしたわたしを気づかって、もうずっとアトリエに呼ばない。だからそう、カンバスの向きも変わったのだ。父はわたしのことを一番に考えてくれているのだもの、不満はあるけれど納得していた。でも、今、急に、すごく嫌な予感がした。

速足になって、絵の見える位置に来た。明るい色彩が目に飛び込んできた。ピンク、オレンジ、白、黄色。記憶の中のわたしの絵とは、まるで違う色彩。もう一歩すすんで、絵の正面に立つ。

そこにわたしはいなかった。

描かれているのは、髪の長い女の人。

大人の女の人だった。

顔はまだ、シルエットでしかない。ピンク色の肌に、目のくぼみと、鼻のでっぱりと、ほおのふくらみの光と影。明るい色の髪を、肩から前にたらしている。写実的な人間ではなかった。幻想的で、妖精のような、女神さまのような、そんな雰囲気。神秘的な目をしているかどうかは、まだわからない。でも、とにかく、描かれているのはわたしじゃない。

そのまましばらく絵を見ていた。

もしかしたら、数秒だったかもしれない。でもとにかく、絵を見ながら、いろいろなことを考えた。

考えて、やっとひとつだけわかったことがある。

父がわたしを描くのをやめたということ。「終わった」と、わたしはつぶやいていた。

「なにが終わったの？」

カンバスの向こう側に立った彩が不思議そうな顔できく。

「わたしが、終わった」

「亜耶が？」

「そう。もう、わたしがわたしじゃなくなった」

「どうして？」

「特別な子供じゃなくなったから」

「そうかな？」

「うん。父のモデルじゃなくなった。きっともう、神秘的な目をしてないんだ」

間に合わなかったのだ。自分が成長するたびに、神秘性が失われていくことに気づいていた。どうにかして食い止めようとしたのに。

「もうだめ」

とても立っていられなくて、わたしは絵の前にしゃがみこんだ。イーゼルの木の脚と、その向こうの彩の足が見えた。彩の足には七歳のときの傷がちゃんとある。わたしにはない。傷が残ると言われていたのに、すぐに綺麗《きれい》に治ってしまった。折れた足だって、いつか治ってしまう。特別で素敵な傷も、ギプスも、神秘的な目も、なにもかもとどめておけない。

「もう、だめ。くじけないように頑張ってきたけど、だめだった。絵に描く価値もなくなったんだ。わたしの特別さが、ぜんぶなくなった」

「そんなことないよ」

優しい声で、彩が言う。

「亜耶は、自分でも絵を描いてるでしょ。芸術家の娘だから、芸術がわかるんだもんね。それってすごく特別だと思う。油絵の具で絵を描いている子供なんて、めったにいないよ。それに」

彩はイーゼルの脚の間から顔をのぞかせて、「わたしがいるじゃない」とにっこり笑った。彩。大きな目に白い肌。わたしの憧れの顔。わたしが、こうなりたいと思う女の子。わたしの特別さを守ってくれる守護霊。

けれどわたしは、「いないよ」と答えた。

イマジナリーフレンドは、空想上の友達。想像力の豊かな子供が作りだす、素敵な幻。

「そんなの、いたことないよ」

いるふりをすると、お父さんとお母さんがよろこんだから。わたしは自分の神秘性にも気がつくことのできる賢い子供だったから。リンゴを選べるのと同じように、イマジナリーフレンドがいるふりができた。想像力が豊かなふりができた。弟が生まれると知ったとき、わたしは彼らがいるふりを始めた。父も母も、最初はとてもよろこんで、でも、実際に弟が生まれると、わたしの空想上の友達の話に興味を失った。だからもう、そんなふりをすることもやめた。ただ、彩だけは気に入っていたから、自分の中で、いるということにしようと決めたのだ。

「だから、彩はわたしの守護霊でも、イマジナリーフレンドでもなんでもないの。ただ、そんな子がいたらいいなと思って、わたしが作ったの。彩は純粋な想像力から生まれた純粋な女の子じゃなくて、ぜんぶわたしの、分別のついたわたしの、作り物」

「そうなの？」

「そうなの。それにわたしね、本当は、絵なんてぜんぜん好きじゃない」

「そうなの？」

「そう。好きだったことなんて一度もない」

わたしは泣きそうになっていた目をぬぐって立ち上がる。そのまま彩を置き去りにして、アトリエを出た。アジサイの葉の茂る庭を通って、玄関に戻る。ただいまも言わずに、自分の部屋に上がった。

部屋はさっきまでより薄暗く、天井にちりばめられた星が弱々しく光っていた。わたしは机の前に立ち、一番下の引き出しをあけて、絵を取り出した。描きかけの彩の絵。それからナイフ。

青いドレスを着た彩の絵。わかっていた。わたしは絵が好きじゃないってこと。自分で描くのも、人の描いた絵を見るのも、ぜんぜん楽しくなんてない。有名な絵も、きれいな絵も、父の絵も、ただ絵の具を塗ったカンバスだ。芸術なんて面白くない。そのことに、絵を描き始めてから気がついた。

「下手くそ」

わたしは自分で言った。特別な子供でいるために一生懸命描いた絵は、誰がどう見ても下手だった。下手であっても味があるとか、センスがあるとか、そういう絵もあるかもしれないけど、これはただどうしようもなく下手だった。どこにもなにも引っかからない、とほうもない下手くそさだった。これを描いた人間は、ほんとうはこんなもの描きたくなかったんだろうなとわかる。ひとつひとつの筆に、嫌々描いている痕跡が残っている。これは、絵が好きじゃない人が描いた絵だ。

でもわたしは絵を好きになりたかった。父と同じ、絵が好きな人間の側にいたかった。優れた芸術には神秘性がやどる。そう考えて頑張ってみたけれど、もうだめ。もう頑張れない。わたしは絵を机の上に置いて、握りしめたナイフを振り下ろした。

カンバスの裂ける、気持ちのいい感触と音。それで勇気が出て、わたしは絵を切り裂き続けた。絵の中の彩はどんどんぼろぼろになっていったけれど、もともとそれはわたしの彩とは似ても似つかない、まるで美しくない顔だったから、心はまったく痛まなかった。

手が疲れたので裂くのをやめた。わたしは盗んだナイフを使った。盗んだナイフで自分で描いた絵を切り裂くなんて、そんなことをするのは、なんだか特別な少女みたいじゃない？

でも、なにも起こらない。

これまできずいてきたアイデンティティを失って、傷ついて、ひとり泣いても、わたしにはなにも起こらない。

そのまま、なにも起こらない部屋の中で、ベッドのふちに浅く座って、わたしはしばらくぼうっとしていた。なにかが起こるのをまだぐずぐず待っているようで、でも、もうすっかりあきらめてもいるような、わからない気持ち。

そのうち、「ごはんもうすぐできるよー」と、下の階からお父さんが呼んだ。「はーい」と、わたしはすごくふつうに返事をした。だって、そうするしかない。勢いをつけて立ち上がる。下りていく途中で、父の机にアトリエの鍵を返した。こっそり部屋にしのびこんでも、もうどきどきもしなかった。

父と、やがて帰ってきた母と、わたしの友達に遊んでもらった話をうれしそうにする弟と、夜ご飯を食べる。お風呂に入って、髪を乾かして、歯を磨いて、いつもよりも早い時間に部屋に戻った。でも、べつにやりたいこともなくて、時間をもてあましてベッドに入った。暗闇の中で天井を見つめていても、やっぱりわたしにはなにも起こらない。

そして気づいた。彩がいない。

わたしは彩の姿を思い浮かべることが、すっかりできなくなっていた。

2

朝、学校に行ってたくさんの子供たちの中にまぎれると、心細くなった。

こんなにたくさんの、なんの変哲もない、ふつうの子供たちの中にいて、自分がどこにいるのかわからなくなりそう。自分を見失って、自分とはぐれてしまいそう。そんなふうに感じたこと、今まではなかった。わたしは神秘的な目をしていて、素晴らしい絵のモデルで、特別な友達がいつもそばにいて、素敵な絵を描いている特別な子供だったから。でも今、そのすべてがなくなって、他の子供たちとわたしを区別するものがない。教室に入って、日奈ちゃんに話しかけられたとき、すごく安心した。午前中はずっと、日奈ちゃんと真理花ちゃんと、休み時間も教室移動も、どこへ行くにも一緒にすごした。

お昼ごろ、給食の時間に急に外が暗くなって、雨がふりはじめた。真っ黒な空を見て、「なんだかこわい」と日奈ちゃんが言った。わたしは暗い空なんてちっとも怖くなかったけれど、「うん、怖いね」と答えた。そう答えると、なんだか自分も、空を怖がる子供になったように思えてしまう。真理花ちゃんは、ひとりぼんやりと平然としていた。そんなだから、仲間外れにされるのに。

そのとき、後ろから「東郷さん」と声をかけられた。振り返ると、原田先生が立っていた。「悪いんだけれど」と、困ったような笑みを浮かべている。嫌な予感がした。

「今日の放課後、また少し時間もらえるかな？　ちょっと、話したいことがあって」

「え？　あ、はい」

「ありがとう。じゃあ、教室でね」

「いえ、えっと……、はい」

「ありがとう」

先生はわたしたちに背を向けて、自分の机に戻っていく。びっくりして、うまく答えられなかった。言われたことを理解するのにも時間がかかった。また放課後、話？

「なんだろうね」

日奈ちゃんが言う。

「わからない」

わからないけれど、嫌だった。ひとりきりで先生と話さなくてはいけないなんて。誰かに近くにいてほしい。でも、わたしはとても勇敢な女の子のはずなのだから、そんなことは誰にも頼めない。

そこで思い出した。わたしには久保田のナイフがある。

放課後までに雨はどんどん強くなって、教室のすみずみまで濃い水の匂いがしていた。

久保田は不満そうだったけれど、ナイフのやりとりは誰にも見られてはいけないんだからと強く説得して、先生との面談が終わるまで廊下で待たせておくことにした。みんなが出ていった教室で、先生とふたりきりで向かい合ったとき、その存在を心強く思った。

「ごめんね、また時間をとらせちゃって」

先生は眉毛のはしを下げて言った。わたしが足を折った日も、今とすっかり同じように、先生の机の前に座って、彼女がしょうもないことをだらだら喋《しゃべ》るのを聞かされたのだった。でも、あのときは彩も一緒だった。先生の視線が、左足のギプスに注がれる。

「足、怪我の調子はどう？」

「はい、大丈夫です」

わたしは先生の段になったお腹の肉を見つめながら答える。

「そう、よかった……。あの、もう痛みはないの？」

「はい」

「そっか。うん、本当によかった。東郷さんが入院したって聞いたときね、もう、本当にびっくりしたから」

そうですか、とうなずいて視線を上げると、先生は給食の時間にわたしに声をかけてきたときと同じ、困ったような笑みを浮かべていた。これってなんのための会話なんだろう。そっちが呼び出してきたのに、なにを勝手に困っているんだろう。

「あのね」

先生は窓の外に視線を投げた。つられてわたしも外の雨を見る。中庭の外灯がもう点《つ》いていた。「東郷さんが入院してた病院で、女の人と会った？」

「え？」

「美月っていう、えっと……髪の長い」

美月。中西美月さん。夜の間は幽霊みたいに素敵だった、あのひと。

「あの……会いました」

「そう。そうだよねえ」

先生は、ふうっと重たく息を吐いた。困ったような表情が、さらに暗くなる。

「うーん……そっか。やっぱり」

「あの……」

「あ、ううん。ごめんね、急に」

「あのひと、先生の知っているひとなんですか？」

「ええ、うん……あのね、妹なの」

「え」

妹。そうなんだ。でも、似てないな、と思った。ぽっちゃりして穏やかな顔をした先生と、細くて、青白い顔をした美月さん。あのときの彼女は病気だったから、そのせいかもしれないけれど。

「あ、でも……、家族には知らせないって……」

彼女がそんなことを言っていたのを思い出して、わたしは聞いた。

「ああ……東郷さんにそんな話までしてたんだ、あの子。そう、でも、まったく……お金もないくせにそんなこと言って……会計のときに急に呼ばれて、びっくりしたったら……」

先生はため息交じりに、そんなことをつぶやいた。いつもの、慈愛に満ちた表情でみんなに話しかける先生とはまるでちがう、ふつうの大人の人のような、ぐちっぽいつぶやきだった。こんな話し方をする先生は初めて見たので、わたしは少しおどろいた。わたしがおどろいたことに気づいたのか、先生は慌てた様子で「それでね」と切り替える。

「美月から、転院前の病室で一緒になった女の子がいて……って話を聞いたの。美月は、あの子は幽霊だったのかも、なんて言ってたんだけど、先生は学校から東郷さんの入院先も聞いていたから、もしかしてと思って」

「そうだったんですね」

先生の話を聞いて、あの夜出会った美月さんのきれいな声、血の気のなくなった青い顔や、痛みに浮ついた幽霊めいた表情なんかが、どんどん思い出された。わたしのことを神秘的だと言った美月さん。翌日の朝の光の中で話した彼女は退屈なただの大人になってしまっていたけれど、それでも、強く記憶に残った夜の彼女はやっぱり素敵だった。死ぬかもしれない、と話していた、あの声。

「美月さん、すごくつらそうでしたけど……。元気になったんですか?」

「ええ、もうすっかり。石もなくなって」

「石?」

「ああ、ええ。あの子ね、尿管結石っていう病気だったの。おしっこの管に、石が詰まってしまうっていう」

「え……。へえ、そうなんですか」

「あの、それでね。ここからはちょっと、個人的なお願いなんだけど」

「はい?」

個人的な、なんて、そんな言葉、先生からはあまり聞くことはない。先生はあいかわらず困った表情のまま「あの、ぜんぜん気軽に聞いて、断ってくれていいんだけど」と続けた。

「妹ね……、アマチュアなんだけど、一応、画家みたいなことをしてるの」

「え、はい」

「それで、どうしても東郷さんをモデルに描きたいって」

先生は苦い顔をする。嫌そうな、不本意そうな、すぐにでも断ってほしそうな。先生のそんな表情を見るのに忙しかったから、なにを言われたか理解するのが、一拍おくれた。

「わたしを……、モデルに？」

「そう。難しいよね？　ほら、ご両親の許可もいるし。というかもう、東郷さんはプロのお父さんのモデルをやってるわけだし、そんな、無理でしょうって、先生も言ったんだけど。なんていうか、そういう性格なんだよね。話だけでもしてみてほしいって、聞かなくて。もう、勝手に学校まで押しかけてきそうな雰囲気だったから」

「やります」

「え、……待って。あのね……いえ、本当に、断ってくれていいの。ごめんね、先生からこんなこと言われたら、断りづらいよね。ぜんぜんいいの、気にしないで。本当にね、妹があまりしつこいものだから、話だけ聞いてほしかっただけで」

「わたしやります」

「いえ、うーん……でもね」

　やる、と言っているのに、先生はぐずぐずとしぶった。「学校としてもね」とか、「妹が勝手に言い出したことでね」とか、その否定の言葉のあちこちに、この件にはかかわりたくない、先生の立場としてとても迷惑だ、という気持ちがわかりやすくにじみでていた。先生はわたしが父のモデルをやっているということだって、よく思っていなかった。それに妹、美月さんのことも、なんだかあんまりよく思っていないんじゃないかなというのが、この短い会話からでもわかった。よく思っていない妹が、よく思っていないことをしている生徒と、よく思っていないことをしようとしている。きっと、すごく嫌なんだ。なんとしても止めたいんだ。でも、美月さんはわたしを描くために、学校に来るとまで言っている。先生の妹が、勝手に学校の生徒をモデルに勧誘しに来たりしたら、きっと先生はもっと困ったことになる。だからわたしに断ってほしいんだ。

でも、わたしはやる。

絶対にやる。

だって、これはわたしにとって、最後のチャンスかもしれない。

美月さんが絵を描く人だとは気づかなかった。あの夜、病室で、わたしたちはそんなにたくさんのことを話せたわけじゃない。でもあのとき確かに彼女は、わたしの神秘性に気がついた。あれは芸術家の観察眼だったのだ。彼女なら、畏れすら感じさせるわたしの神秘的な瞳を描き出せるかも。父が描くことをやめた瞳を。そうしたら、他人が描いたそんな瞳を見たら、もしかしたら父だって、もういちどわたしを描こうと思うかもしれない。

「わたし、やります。どうすればいいですか？　先生の妹さん、美月さんに、どうやって会えばいいですか？」

先生は引きつった顔でしばらくわたしを見下ろしていたけれど、わたしが「学校に来てくれるのを待てばいいですか？」とたずねると、ようやくあきらめたように深く息を吐いて、「そうね」と言った。

「いえ、でも、まず……ご両親の許可は必要だから。これ……お家《うち》の人に見せてくれる？　美月が、渡してほしいって……」

先生は机の一番上の引き出し、その奥のほうから一通の手紙を取りだした。白い封筒だ。金色の細かな模様が入った丸いシールで封がしてある。「わかりました」と、わたしは手紙を鞄《かばん》にしまった。


廊下に出ると、久保田がいた。すっかりその存在を忘れていたのでびっくりした。わたしたちは黙って目配せしあって、周りにだれもいないのを確かめる。距離をつめて、わたしはポケットからナイフを出す。受け取ったナイフを、久保田はズボンのベルトのところに差して、シャツのすそで隠した。麻薬の取引みたいで、ちょっとどきどきした。

「確かに返したから」

「ああ」

「じゃあね」

「雨、どうすんの？」

久保田がたずねた。

雨？　と首をかしげると、「傘」と続ける。その目がわたしの松葉杖を見ていることに気づいて、やっと意味がわかった。

「ああ、大丈夫。雨の日はお父さんが迎えに来てくれることになってるから」

「へー。いいなー、優しくて」

久保田はぼそりとつぶやいた。久保田は父の職業じゃなくて、優しさをうらやましがっている。

「先生の妹さんがね、わたしをモデルに絵を描きたいんだって」

そのまぬけな顔に向かって、わたしは言った。べつに、内緒にしろとは言われてないし。久保田は口をあけたまま顔を上げて、「へー」と答えた。明らかに、どうでもよさそうな反応だった。すこし間をあけて、「よかったね」と付け足す。

じゃあ、と言って、ランドセルをガシャガシャ鳴らしながら久保田は去っていった。わたしも後に続く。階段を下りる手前で、お父さんから連絡が来ていないか、スマホの電源をつけてみた。雨の日はお父さんが迎えに来てくれることになっている、けれど、仕事に集中しているお父さんはきっと雨になんて気づかない。

やっぱり、スマホにはなんの連絡もはいっていなかった。迎えに来て、とメッセージを送ろうかと思ったけれど、今は帰り道でぬれる心配よりも、先生から受け取った手紙の中身が気になっていた。わたしは階段を上るほうを選んで、屋上へ続く扉を目指した。そこに彩の姿がないか期待してしまったけれど、たどり着いた扉の前には誰の姿もなくて、ただ雨の音だけがかすかにもれ聞こえていた。階段のひとつに腰かけて、鞄から手紙を取りだす。

　少しも悩まずに、わたしは封をあけて便箋《びんせん》を取りだして開いた。手紙を受け取ったときから、両親には渡さずに、自分で読むと決めていた。便箋には封のシールと同じ金色の模様が入っていて、触れるとでこぼこと盛り上がっている。一行目に、東郷隆明さまへ、と、父の名前が書いてあった。それは父の雅号《がごう》というやつで、本当の名前じゃない。美月さんはわたしの父が画家だと知っているのだ。

　すぐに続けて二回読んで、三回目をじっくりと読み終わって階段を下りると、もう雨があがっていた。


「亜耶ー、ごはんできたよー」

　一階からお母さんが呼んだ。はーい、と声を張りあげて、わたしは机の上に広げていた手紙を引き出しのなかに隠した。ナイフをしまっていたのと同じ、鍵のかかる一番下の引き出しだ。

　部屋のドアを開けると、いい匂いがした。甘いカレーの匂い。うれしくなって、手すりをすべるように階段を数段飛ばして下りた。一階についたとき、ちょうどキッチンから母が顔を出して、「危ない下り方しないの」と叱《しか》られた。

「まだ骨がくっついてないんだからね」

「でも、もう大丈夫な気がする」

「本当？　なにを根拠に」

「自分の骨だもん」

「まあねえ」

「お父さんが、カルシウムばっかり取らせてくるし」

「あ、そうそう、今日お父さん、ちゃんと迎えにきてくれた？　雨だったでしょう」

「ううん。気づいてなかったみたい」

「あー、やっぱり。連絡しなきゃと思ったんだけど、お母さんも手が離せなくて。ごめんね。どうした？」

「わたしが帰るときは止んでたから」

「よかったあ。でも、ダメよね、注意しなきゃ」

「あれ、お父さんは？」

リビングのテーブルでは、弟がひとりでテレビを見ていた。父の姿がない。

「集中してるみたい。いらないって」

鍋からカレーをよそっていた母が、肩をすくめて言った。

「カレーなのに」

「ね、カレーなのにね」

　こういうことはたまにある。父はすごく集中すると、モデルのわたしも先に母家に帰して、ひとりきりでアトリエにこもったりする。わたしは窓の近くに立って、中庭のアトリエを見た。木の陰から灯りが漏れている。なにを描いているのだろう。あの髪の長い女の人の続きかな。

「しょうがないね、企画展も近いから」

「展示会、またあるの？」

「そうそう、小野崎さんとこにお誘いされてね」

「ふーん……」

　あの女の人の絵を出す気かな。あの絵のモデルは誰なのだろう。ピンク色の肌をしていた。実在する人間なのかもわからない。


　たった今、わたしは部屋で自分のスマホから美月さんにメッセージを送った。手紙の最後に、彼女の電話番号とメールアドレスが書いてあったから。友達以外とのメッセージのやり取りは両親にも学校にも禁止されているけれど、履歴を削除する方法なんてみんな知っている。

　モデルを引き受けます、というメッセージを送信する直前に、ふと思った。これって、他人の絵のモデルを内緒で引き受けるなんて、画家である父に対する裏切りになりはしないだろうか、と。だって、父がわたし以外の絵を描いていたからといって、もうわたしの絵を二度と描かないとは限らないんじゃないか？　あの女の人の絵は、わたしの怪我が治るまでのほんの息抜き。父に裏切られた、見限られたなんていうのは、わたしの早とちりだったかもしれない。昨日はショックで、どうしたってそうは思えなかったけれど、今こうして美月さんからモデルの依頼をされて、わたしは特別な子供なんだという自信を取り戻してみると、そんなふうにも考えられるようになった。

でも結局、だめだ、と思った。もしも今まだ父がわたしを見限っていないのだとしても、いつか必ずその日が来るとわかる。その前にどうにかしなければいけない。わたしは『よろこんでモデルを引き受けます。父も母も許可をしてくれました』とメッセージを送って、すぐに履歴を消した。

食器をそろえるのを手伝ってから、いつもの自分の席についた。お母さんのカレーは果物の味がたくさんして美味《おい》しい。スプーンを手にして、そのときふと、なんの気なしにもう一度窓の外に目をやった。

アトリエの窓辺に人影が見えた。とても見覚えのある姿だった。

彩だ。

3

数日が経《た》った日の朝早く、どうしても我慢できなくなって、わたしは再び父の仕事部屋から鍵を盗んで、アトリエに忍び込んだ。朝の光に照らされたアトリエは、いつもとは壁や床の色も、匂いまでもがちがう気がした。そこにやっぱり彩がいた。わたしを見て、にっこりほほ笑む。

「おはよう」

「うん、おはよう」

彩はここで最後に別れたときと同じように、中央に立つイーゼルのそばにひとりで座っていた。わたしはカンバスの正面に回って、前と同じように絵をのぞきこんだ。女の人の絵、その髪や服が、前見たときよりも分厚く、細かく塗られていた。どんな目をしているのか、細かな顔立ちはまだわからない。でも、こうして直接絵を見てみると、やっぱりこれは裏切りだと感じる。

「わたし明日、美月さんのモデルをやるの」

「そうなんだ。よかったね」

「うん、よかった。彩も来る?」

「ううん、わたしは行かない」

「ずっとアトリエにいたの？」

「うん」

「もう、ここから出て来ないの？」

「うーん、そうなの？」

彩は不思議そうに首をかしげた。わたしは答えず、絵の中の女の人を見ていた。


待ち合わせ場所の校門前、ぞろりと長い髪を見つけて、彼女だとわかった。

わたしは松葉杖に体重をあずけながら、できるだけ堂々と、きれいに見えるように歩いた。風でスカートが足にまとわりつく。五メートルの距離まで近づいたとき、向こうもこちらに気づいて、伏せられていたまつ毛がぱっと上がった。

「彩ちゃん」

美月さんはとてもうれしそうにわたしの名前を呼んだ。わたしは少しだけ頭をさげて、「こんにちは」と応える。「ひさしぶり。元気だった？」と微笑む彼女のまぶたの上、赤い色のお化粧が目についた。病院では、そんな色のお化粧はしていなかった。

「はい、元気です。美月さんは元気でしたか」

「うん。私はもうすっかり。ああ、彩ちゃんはまだ松葉杖なんだね、かわいそう。ありがとね、大変なのに来てくれて。本当に助かる。本当にうれしい」

「いえ」

「なんだか……不思議な気分。病院で会ったこと、夢みたいに思ってたから」

美月さんは眩《まぶ》しそうに目を細めて、わたしの全身をさっとながめた。その顔はもう、青白くもなければ苦痛にゆがんでもいない。病院支給のパジャマ姿でももちろんなくて、黒いシャツに、穴のあいたジーンズを穿《は》いている。視線をおろすと、星の模様のはいったシルバーのスニーカー。髪をおさえる手の指先には、薄いむらさき色のマニキュアが塗られていた。

数週間ぶりに会った美月さんは、あの日病院で会って、月明かりの病室でこっそり話をした彼女とはまるで別人だった。翌朝に話したふつうの女の人、そちらに近いけれど、そのときの彼女よりももっと愛想がよくて、もっと健康そうになっている。顔色のいい美月さんの表情は、どことなく原田先生に似ていた。病院での彼女に会う、というイメージでいたから、ちょっと驚いたし、ちょっと拍子ぬけな気分だった。彼女はもう孤独に死にゆく人ではなく、尿管結石が治った元気な人。

「じゃあ、早速だけど行こっか。メッセージで伝えたとおり。今日はよろしくね」

美月さんは首からさげた大きなカメラを軽くかかげた。重たそうな、りっぱなカメラだった。

「はい。よろしくお願いします」

事前になんどかメッセージのやりとりをして、彼女のモデルをつとめるための打ちあわせをした。美月さんはモデルを直接見て描くのではなく、何枚も写真を撮って、その総合的なインスピレーションを作品に昇華させていく、という。ふうん、と思った。父のやり方のほうがてっとり早い気がするけど、でもまあ、文句はない。そうすることで、よりモデルの内面が見えるのだ、と言った、その方針は気に入った。撮影場所は、彼女の希望でわたしの通う学校に決まった。

「これ、こっちから入っていいんだよね」

「あ、はい。土曜日は校庭も体育館も開放されてるので」

「姉にバレたら殺されそう。でもやっぱり、被写体になじみの深い場所がいいからね」

校門を抜けながら、美月さんはちょっとはしゃいだ声を出した。父はもっと静かだ。作品に取り組むときは。

「なんだか、元気ですね」

「うん、すごく元気。嬉しいんだよね、また作品に取りかかれるのが。ああそれに、そうだよね、あのときの私は酷《ひど》かったから。酷かったでしょう？」

「え、いえ」

「ていうかあれね、私たち、まだぜんぜん知らないよね、お互いのこと。メッセージで話したことと、あの病院で喋ったことだけ。あの一夜だけ」

話しながら、美月さんは正門から校舎へ道なりに進んだ。わたしはその後をついていく。土曜日の午前中、校舎の周りにはわたしたち以外人影はない。校庭ではスポ小の子たちがサッカーをやっていた。

「でも、私はあなたのことといろいろ知ったよ。姉から聞いたから。こんな偶然あるんだってびっくりした。それに、姉が見てる子たちって、もっと小さな子供って感じだと思ってたから、ぜんぜん結びつかなかった。姉の生徒と、あなたと。それになにより」

美月さんは急に立ち止まって振り返る。

「東郷隆明氏」

父の雅号。彼女はそれを、魔法でも唱えるみたいに発音した。

「娘さんなんだよね、本当に。ああ、まだ信じられない気分。あの夜偶然出会ったのがあなたで、今こうしてるなんてのも、ぜんぶ」

美月さんはまた目を細めて、こみあげる気持ちをおさえるみたいに胸に手を当てた。ずっとあなたの絵の大ファンだった、と、彼女から父にあてた手紙に、確かにそう書いてあった。その娘さんに偶然出会えたなんて、奇跡のような気分です、と。

そんな目で見つめられて、以前までのわたしなら誇らしく感じたかもしれない。でも、今はどんな気持ちになっていいのかわからない。父がもうわたしを描いていないと知ったら、この人はがっかりするだろうか。「信じられない」と、美月さんはため息まじりにくり返した。わたしは思い出して、「あのときは、わたしが幽霊じゃないっていうのを、信じてくれませんでした」と言った。

「ああ、そうだった。そう、ずっとちょっと怖かったもん。やっぱりね、浮世離れしてるんだよ、雰囲気が。でも今の信じられない、は、信じられないくらいに幸運っていう、良い意味。私の人生でこういうことがあるなんて、っていう」

わたしはあいまいに笑った。「そんなに父の絵が好きなんですね」

「ええ、それはもう。あ、ここ」

美月さんはふいに立ち止まる。

「ここ、いいな。ここに、こう、校庭のほうを見て立ってもらえる？　こちらを意識しない、自然な感じで」

そう指し示したのは、低学年用の靴箱の並ぶ玄関口の外。土曜日の今は扉が閉じられているから、中はのぞけない。なんの変哲もない、ただの学校の一角だった。わたしは黙って指示にしたがった。

「そう、そんな感じで。うん、いいな。ちらっと、こっちに目線もらえる？　あ、首はそのままで」

パチ、パチ、と、小さなシャッター音が聞こえる。数枚撮ると、美月さんはカメラの液晶モニター画面をのぞきこんでなにかを確認する。そしてまた数枚。

日射しが温かかった。パチ、とまたシャッターが切られる。風で髪が揺れるたび、パチ。

わたしが視線を動かすたび、パチ。その音を聞いていると、少し楽しい気分になってきた。

さっきはちょっと期待はずれ、なんて思ったりしたけれど。そのカメラは素敵。

「そしたら、次は、そのましゃがむことってできる？　こう、松葉杖は、そう、右手に持ったままで」

「はい」

ギプスになってすぐは、しゃがんだり立ったりが難しかった。でも、今はもうどこに力を入れて、どんなふうにバランスをとったらいいのかわかる。「そう、そんな感じ」と、美月さんは自分も片ひざをついて、また何度もシャッターを切った。パチ、というその音は、わたしの姿がちゃんと彼女の期待に応えて、正解を出しているという証。

「そのままこっちを見て」

日射しに向かって視線を向ける。シャッターが鳴る。わたしがシャッターを切らせているんだ。あの重そうな、高価そうなカメラの。芸術家である美月さんの指を動かしているのは、わたし。

「すごくいいよ。素敵」

美月さんは心から満足そうに言って、こちらに歩いてくる。かたわらにしゃがみこんで、カメラの液晶を見せてくれた。

写っていたのは、日溜《ひだ》まりの中まぶしそうに目を細めるわたし。松葉杖を抱えて光の中にいるその写真はちょっと、素敵だった。ちょっと、いいなと思った。特別な女の子という感じがする。

顔をあげると、美月さんの長い髪からいい匂いが香った。目が合って、どちらからともなく微笑みあった。そんなに悪くないかもしれない。病院で会ったあのひとだと思うから、すこしがっかりしてしまったけど、あのひととは別の、わたしを描く画家のひとだと思えば、じゅうぶん。

「よし、じゃあ、場所を変えよう」

手をかしてもらって、立ち上がる。すこし立ちくらみがした。


体育館への渡り廊下から中庭へまわって、そのあちこちで撮影をした。ずっと天気がよくて、わたしもずっと気分がよかった。校庭からはスポ小の子たちのかけ声が、体育館からは明るいはしゃぎ声やボールの音が、まるで遠い世界の音みたいに聞こえていた。ふつうの子供たちのたてる音。

「すごい、撮れ高良いよ」と、美月さんは液晶をのぞき込むたび満足そうにうなずいた。

お昼をまわったとき、ちょっと休憩にしよう、という話になって、いちど学校を出て近くの喫茶店に入ることになった。美月さんがスマホで調べてくれたお店で、聞いたことのない名前だったけれど、近くまで来るとなんどか前を通りかかったことのある店だとわかった。入るのははじめてだ。

　先に立つ美月さんが扉をあけると、扉の上についたベルがカランと鳴った。扉をくぐると、木のフロア。窓には飴《あめ》みたいな色のカラフルなガラスがはまっていて、真昼なのに薄暗い。映画に出てくるみたいな、本物の喫茶店だ。

「どの席がいい？」

　わたしは奥のふたりがけの小さなテーブルを選んだ。いすに座ると、木と、コーヒーと、すこし埃《ほこり》っぽいにおいがした。

「もちろん、こういう経費はお姉さんが払うから。好きなもの頼んでね」

「ありがとうございます」

　ざらざらした紙のメニューから、きのこのスパゲッティとオレンジジュースに決めた。美月さんは日替わりのランチセットで、飲み物は紅茶。土曜日のお昼時なのに、お客さんはわたしたちの他に、窓際の席に座るおじいさん、ひとりしかいない。えんじ色のエプロンをした店員さんが、すぐに飲み物を持ってきた。大きな四角い氷が浮かんだオレンジジュースを、私は一気に半分飲む。美月さんは紅茶に手をつけず、ひざの上でカメラをいじって、さっき撮った写真を確認している。

「どうですか？」

「最高」

目だけをちらっと上げて、彼女は微笑んだ。

「今までで一番かも。手応えが」

「よかった」

「正直あんまりこだわってこなかったんだけど、モデルでこんなに違うんだね。知らなかった。今まで友達とか、姉とかに頼んできたんだけどさ」

「姉？　原田先生ですか？」

「そうそう、一度だけね。頼んどいてなんだけど、あいつは酷かったな」

美月さんは唇のはしをつり上げて、小さく息をもらした。

「人間のどの部分のどの角度が美しいとか、どんな視線に力があるとか、まるでわからないみたい。そういうのってほんと感覚的な部分だから、しょうがないけど」

「へえ……」

うなずいて、ストローに口をつけながら、わたしにはそれがわかっているのかどうか考えた。もちろん、わかっているはずだ。美月さんがほめてくれているのだから、きっとそのはず。

「あの、美月さんの作品が見てみたいです」

「え？」

「写真で終わりじゃなくて、そこから絵にするんですよね。どんなふうなのか、見てみたい」

「ああ、そうだね。見てもらうのが早いかなとは思う。言葉では説明しづらいし」

「画像とかありますか？」

「あー、どうだったかな。あんまり自分の作品って撮らないんだけど。ちょっと待ってね」

美月さんはカメラをぐっと引き寄せて、写真を捜す。

どんな絵なのか、考えた。人物の内面を描くと言った。わたしの内面。もしかしたら、そこにはふたりの女の子が描かれることになるんじゃないだろうか。そうだったら素敵。でも美月さん、今日会ってからいちども、彩の話をしない。わたしのイマジナリーフレンドの話をしない。もしかして忘れてる？　あの夜わたしが打ち明けたこと。東郷隆明の娘という印象に上書きされて、消えた？

自分の作品の写真を捜す彼女の、ふせられた目を見た。まぶたの真ん中の赤いアイシャドウが、光の加減でよく見えた。おしゃれなひとなんだ。芸術家、アーティストだし。

もう一度打ち明けてみようか、と思った。彩のこと。でも、今彼女はここにいない。彩の姿はもう、父のアトリエでしか見ることができない。どうしてそうなってしまったの？

とたずねられても、わたしには答えられない。わたしにだってわからないのだ。わたしが意図して作りだした偽物のイマジナリーフレンドが、どうして思いどおりにならないのか。

考えているうちに、料理が運ばれてきた。きのこのスパゲッティと、日替わりランチのプレート。プレートには、ちいさなグラタンとチキンがのっている。美月さんはちらっと料理に目をやると、カメラを脇において「まず、食べよっか」とフォークを手にした。

スパゲッティは美味しかった。見たことのない形のきのこや、香辛料の粒がたくさん入っていて、食べたことのない味がした。まだ弟が小さいから、あまりこういう、本物のお店には入れない。お姉ちゃんが六歳のころはどんなお店でも静かにできたのに、ショウくんにはまだまだ早そうだね、と父も母も口をそろえる。

「お父様は、どんなところで絵を描くの？」

プレートの上でチキンを細かく切りながら、美月さんがたずねた。

「アトリエです。庭にある」

「庭にアトリエ？　すごいな、どんな感じの？」

「えっと、ふつうの……。ふつうの木の部屋です。でも、片面はほとんど窓で、天井にも窓があって」

「すごい、素敵。いいなあ、理想だよね、そういうの」

「美月さんは？」

「私は部屋ぜんぶ、作業環境。狭いからね、睡眠や食事の場所のほうが侵食されてるんだ」

「へえ。あれ？　原田先生と、同じお家ですか？」

「ううん、やだ、違うよ。別々。一緒に住むなんて悪夢だわ。私はひとり暮らしだし、姉は結婚してる。暗い旦那でお似合いって感じ」

美月さんは、原田先生のことが好きじゃないみたい。そのことをわたしに隠そうともしない。それで思い出した。「あの、どうして入院してること、先生に言わないでいたんですか？」

「え？　ああ。嫌なんだよね、頼るの。あのひと、私のやることなんでも気に入らないって感じでさ。入院生活にまであれこれ口出されたらたまんないもん。ねえ、それよりさ、彩ちゃんのお家はこのあたりなんだよね」

「あ、はい」

「アトリエを見せてもらうのは難しいよね」

「え、うーん。それは……」

父はわたしが今日彼女のモデルをつとめているということも知らない。友達の家に遊びに行っていると思ってる。両親から許可がおりたと美月さんには伝えたけれど、ぜんぶ嘘だ。彼女の手紙はまだ、わたしの引き出しの中。

「いや、いいんだ。ごめんね、さすがにそれは無理だよね。聞くだけ聞いてみたかっただけだから、気にしないで」

「はあ」

「こうしてモデルさんをお借りできてるだけで、ありがたい」

はあ、と、わたしはまたあいまいな返事をしてしまう。嘘をついたことをちょっとだけ後ろめたく思った。つく必要のある嘘だったのかどうかもわからない。正直に話していたとして、もしかしたら父も母もふつうに許可を出してくれていたかも。美月さんは身元のはっきりした女の人だし、父はもう、わたしを描いていないのだし。

「お父様の描くあなたの絵、すごく好きだよ。ほんとうに素敵。なんていうか、世界観があるところ」

でもわたしは、嘘をつきたい気分だった。父を裏切りたい気分だった。

「ありがとうございます」

「この子は実在するんだってちゃんとわかる目がいい。あれはきっと、実の娘だから描けるんだよね。あの、神秘的な」

神秘的な目、と美月さんは言った。

わたしはスパゲッティを巻いていたフォークを止めて、「どの絵ですか?」とたずねた。

「ん?」

「どの絵を見て、神秘的な目だと思いましたか？　えっと、美月さんが一番気に入ったのは、どれ？」

「ああ」

彼女はプレートの上、つけ合わせのサラダをもてあそんで、

「あの、青い服のやつ。今よりだいぶ幼いよね？」

「えっと、青い服……は、いくつかあるんですけど」

「ああ、うん、えっと、何年のやつかな。ごめんね、あんまり絵のデータとか気にしないタイプで、はっきりしないんだけど。美大に入ってすぐのとき見たやつだったと思うな。衝撃だったから」

美大に入って油画《ゆが》を学んだと、そういえば手紙にも書いていた。

「美術の大学ですか？」

「そう。馬鹿な学生だった。もうだいぶ前の話って感じだけど」

「へえ……」

大人の言うだいぶ前って、どれくらいだろう。あの日病院で、美月さんは今日が二十五歳の誕生日だと言っていた。大学に入ってすぐというと？

「えっと、五年前くらいですか？」

「うーん、そうね。いや、六、七年前になるかな」

六年前なら、父がわたしの絵を描き始める一年前。青い服の絵は、もちろんまだ存在しない。だから美月さんが美大に入ってすぐにわたしの絵を見たというのは、記憶違いか、嘘。嘘なんじゃないかな、と思った。父の絵の中のわたしは幼く見えるから、それを知らずについた嘘の話に、矛盾がでたんじゃないかな、と。

「他はあります?」

「他?」

「父の絵で、好きなやつ」

「そう、だねえ。うーん、私はやっぱり、あなたがモデルの絵が好きなんだよね。だから正確には、お父様のファンじゃなくて、彩ちゃんのファンなのかも」

美月さんはまた、原田先生に似た顔で笑った。

この人は本当に父の絵のファンなのかな?

もしかして美月さんって、本当は父のことなんて、知らなかったんじゃないかな。原田先生に、病院で同室になった女の子が自分の生徒で、画家の娘だと聞かされて。そこで初めて父の名を知って、作品を調べてみて、わたしが描かれた絵を見つけた。彼女は、画家東郷隆明への尊敬や憧れからじゃなくて、ただ、なかなか出会えないプロの画家のモデルを描ける、そのチャンスをねらって連絡をしてきただけなんじゃないか。それだと印象が悪いから、ずっとファンだったふりをして。

別にそれでもいい。

「ありがとうございます」

わたしは笑顔を返した。美月さんは「こちらこそ」と首をかたむけて、またチキンの解体に戻る。それでいいんだ、と、わたしはもう一度自分に言い聞かせる。彼女が嘘つきでも、別にいい。

現代の画家はしたたかでなくては、と父もよく言っている。小野崎さんとの打ち合わせに出かけていくときや、うちに来ていた小野崎さんが帰ったときなんかは、特に。ずっと一緒に仕事をしているのに、父は小野崎さんが好きじゃないみたい。嫌いなのかどうかはわからないけれど、すくなくとも好きじゃない。打ち合わせの予定がはいるたび、ため息がふえたり、笑顔が減ったりしてるから。それでも大切な絵を預けたり、一緒に個展をひらいたりするのは、そういう好みを隠してうまくやっていくことも、プロには必要だからだと言う。プロなら、絵のためなら、うまの合わない人間とも、仲良くしたたかにやっていかなくては、と。

だから、美月さんが自分の絵のために嘘をついたというなら、それでいい。下調べが足りなくて簡単にぼろが出ちゃっているあたりは、もっと頑張りなよと思うけど。素敵な絵を描いてくれるなら、わたしは許す。わたしの神秘性を描いてくれるなら、すべて帳消しにしてあげる。

すぐにスパゲッティを食べ終えてしまった。美月さんのランチプレートはまだ半分も減っていない。わたしはかたわらに置かれたカメラが気になった。

「あの、ありそうですか？」

「ん？」

「作品の写真」

「ん、ああ……」

食べている間に、わたしに捜させてくれたらいいのに。彼女がどんな作品を描くのか、はやく見てみたい。でも、さすがにカメラにはさわらせてくれないだろうか。父が仕事道具にさわらせてくれないみたいに。

「うーん、ごめん。やっぱりね、見せないほうがいい気がしてきた」

「え？」

「あのね、私の作品、子供に見せていいかちょっと心配になってきちゃった。あんまり見せないほうがいいかもって。あ、彩ちゃんをモデルにした絵はちゃんと、健全に絵の具で描くつもりだけどさ」

「それは……えっと、どういう？」

「あー、うん」

美月さんは大きく身体を反らして天井を見上げた後、なぜかすこし挑みかかるような目で言った。

「私の作品、画材が少し独特なの。あのね……、血を使って描くことが多いんだ」

血を使って。

わたしは、すぐに父の話を思い出した。


あれはたしか、弟がまだほとんど赤ちゃんみたいだったとき。わたしがまだ八歳だったとき。ちょうど、こちらの家に引っ越してきたばかりのときだ。

父はめずらしくお酒を飲んでいた。わたしは酔っぱらった父が大好きだったから、いつもはもう寝る時間なのに、一緒にテーブルを囲んでその話を聞いていた。父はわたしたちに、マグカップいっぱいのホットミルクをつくってくれた。

「けっこう多いんだよ。絵を描くのに、血を使ってみたり、食べ物を使ってみたり」

父が飲んでいたのは赤ワイン。血みたいだ、とわたしが言ったのだった。それでたぶん、そんな話がはじまった。

「血って、誰の血？」

ただ純粋に不思議で、わたしはきいた。

「たいていは自分の血だね。指先とか手首とか切ったりして」

「痛いのに」

「ね、痛いのにね」

「食べ物は？　どんな食べ物？」

「どんなのでもいいんだ。ごはんとか卵とかスパゲッティとか、肉や魚。ほうれん草のおひたしとか、ゆでたマカロニとか、調理済みの食べ物を使うのも見たな」

もったいない、と思った。食べ物を粗末にしてはいけないと教わっていたから。でも、それも絵のためならしょうがないかと考えたところで、父が「もったいない」と首をふった。そう、やっぱりもったいないんだ。

「どうしてそういうのを使うの？　絵の具がないから？」

父は首をかたむけたまま「いや」と眉をひそめて、「自分は特別だと思いたいからだろうね」と答えた。

「美大生に多いんだ。芸術系の学校に展示の手伝いに行くと、必ず一つ二つそういう作品がある。普通は絵の具を使うのに、血とか使っちゃう自分はふつうじゃなくて特別だと思いたいんだよ。血や食べ物を使うなんてクレイジーでユニークで、誰にも思いつかないぶっとんだアイデアだって思ってる。馬鹿だよね、ほんと。毎年同じことするやつが何人もいるのに」

酔っぱらった父はふだんよりも汚い言葉や悪い言葉を遠慮なく使うから、楽しい。わたしがくすくす笑うと、父はさらに大げさに顔をしかめてみせる。

「そういうやつらは、だいたい下手くそ。技術やセンスがないからそういう奇のてらい方しかできなくて、それで自己満足しちゃうから成長もしないんだよね。インパクトのある顔料探しだけで楽しくなっちゃって、学びも苦悩も挫折《ざせつ》もしない。確かにさ、そういう一般的じゃない素材でアートを作るプロの芸術家だっているにはいるよ？　でもね、そういう本物はいくつもの作品を堅実につくりあげて、試行錯誤や熟考を重ねに重ねた上で、特殊な顔料にたどり着いているわけでさ。そういう人たちは絵の具で描いても上手《うま》いんだよ。美大入りたての特別な才能も技術もない若者が、自己鍛錬もなにもなしに同じことしたってうすら寒いだけなんだよね。この作品はぼくの血と体液とイカの塩辛を使って制作しました、とか得意げに言っちゃってさ。ふーん、なんで？　って感じだよ。いや、なんで？ってきくとね、その答えがまたつまらないものでさ。つまらない芸人が時間だけかけて考えた大喜利の回答みたいな、知識もひらめきもない、ど素人の独りよがりな哲学みたいな。つまらない上にだいたい似たり寄ったりで、ああ、それ去年、爪と髪とタピオカで作品制作した学生も同じこと言ってたなあ、っていうような、しょうもない答えしか聞けないんだけど」

「お父さん、また美大生の悪口言ってるの？」

いつのまにか二階から下りてきていた母が、あきれたように言った。

「あんまり子供の教育に悪いこと言わないでよね」

「いや、これは悪口じゃなくて正論だから。亜耶だってね、知っておいたほうがいいことだと思う」

「亜耶、ぜんぶ真に受けないで、話半分でいいからね。お父さんは美大生が嫌いなだけなんだから」

「別に嫌いじゃないよ……。あいつらの、なんていうか……芸術をナメた考えが許せないだけで」

「そんなこと言って、自分だって昔はバナナの皮でさあ」

「ちょっと！　それは絶対言わないでって」

あわてた父のグラスから、赤ワインがこぼれた。

隣に座る彩が、「わたしたちはそんな変なことしないよね」と笑った。わたしは「絶対しないよ」と、うなずいて笑い返した。

あのころは八歳だったから、まだ余裕があった。わたしは神秘的な子供で、特別な少女で、その誇りを胸に生きていた。自分が神秘性を少しずつ失っていってるなんて、まだ想像もしていない。わたしはいつまでもわたしのままでいられると信じていた。

喫茶店を出た後、学校に戻って撮影を再開した。美月さんは朝と変わらずずっと元気で機嫌がよかったけれど、わたしは何もかもが変わってしまった気持ちでいた。わたしにはもう、彼女は素敵な絵を描いてくれる芸術家ではなかった。病院の幽霊でもなければ、父の絵のファンでもなく、では今のこの人は誰なんだろうと考えると、血で絵を描いちゃうような人。それから、原田先生の妹さん、という感じが強い。どうしてわたしは原田先生の妹さんなんかと土曜日の学校で一緒に過ごしているのだろう、と、写真を撮られながら何度も不思議な気持ちになった。

血で絵を描いちゃうなんて変だと思います、とは最後まで言えなかった。そんなこと言えない。美月さんは楽しそうにシャッターを切る。あのカメラはわたしにとっての松葉杖で、彼女にとっての血とはわたしにとっての彩なのかもしれない。そんなことを思って、かなしくなった。

夕方、お家まで送っていくよという美月さんの申し出を断って、わたしたちは校門前で別れた。お昼ご飯を食べてからずっと、家に帰ったらまたアトリエに忍び込もうと思っていたのだけれど、庭に回ってみるとアトリエの窓が薄く開いていて、まだそこに父がいるとわかった。ひとまずあきらめて、玄関まで引き返して母家に帰った。「ただいま」と呼びかけながら考える。いつなら忍び込めるだろう。できるだけ早いほうがいい。早く彩に会いたい。

4

夜ご飯はハンバーグだった。玉ねぎをみじん切りにするのを、わたしが手伝った。こねて空気を抜いて形にするのを弟が手伝って、ぼろぼろとこぼして失敗していた。泣きそうな弟をなだめて、かわりにぜんぶうまくやってあげる。じゅわじゅわと油の焼ける匂いがリビングいっぱいに広がって、待ちきれない気持ちでテーブルについた。お昼に食べたきのこのスパゲッティは、もうお腹のどこにも残ってない。モデルって、体力をつかう。

「あれ……お父さんは？」

ふんわりと焼きあがったハンバーグのお皿が、テーブルに三つ。いつもお父さんが座る出窓側の席は空いたままだった。

「今日もアトリエ。ごはんいらないって」

母はそう言って、おおげさに肩をすくめる。

「ハンバーグなのに」

「ね、ハンバーグなのにね」

話を聞いていた弟が、「ハンバーグなのに」とまねをする。

わたしはふり返って、窓の外にかすかに見えるアトリエの灯りを確認した。父はプロだから、ハンバーグよりも絵を優先させるのだ、もちろん。

「企画展って、いつなんだっけ」

できるだけなにげないふうに、わたしはたずねた。

「うーんと、来月末ね」

「それまでずっと、夜中までアトリエかな？　お父さん」

「いやーどうだろうね、進捗《しんちょく》次第じゃないかな。はかどり次第っていうか。さみしい？」

「え？　あ、うん」

「ショウくんもさみしい」

弟が口をはさむ。母は弟に向けて、「よし、じゃあ子供たちがさみしがってるよって伝えとくから」とにっこり笑った。「ああ、でもさすがに今日は早く寝てもらわないと。明日は打ち合わせなんだから」

「え……打ち合わせって、小野崎さんと？」

「そうそう、あちらのオフィスでね。徹夜明けで行ったりしたらご迷惑だわ」

「それって、帰りは遅くなる？」

「え？　そうねえ、もしかしたら夕食とかご一緒してくるのかな。あ、でも大丈夫、お母さん明日早番だからね」

「おのざきさん、会いたい！」

「そうだね。ショウくんはほんと小野崎さん好きねえ」

「うん。ともだち、だから」

口いっぱいにハンバーグをほおばったまま、弟はうれしそうに笑った。弟は人見知りで、はじめて会う人間がいるとすぐにひとの背中に隠れるくせに、ちょっと優しく声をかけられただけであっという間に警戒心をといて簡単になつく。バカな犬みたい。わたしはちゃんと、初対面の人とだって大人みたいに話せる。でも、いつも最終的に愛されるのは弟のほうだ。小野崎さんと仲が良いのも、弟のほう。

そんなことはどうだっていい。明日、父はアトリエにいない。

「ショウくんも行く！」

「だーめ、ショウくんは明日学校でしょう」

「行く！」

「また今度ね。お休みの日」

「えー！　明日行く」

わんわん鳴き続ける弟をなだめる母をながめながら、わたしは彩のことを考える。

夜、眠る前に本を読んだ。ずっと読みかけになっていた、失《な》くしたものが戻ってくる魔法の国の話。結末は、わたしたちの予想どおりだった。お姫様がたどり着いた答えは、彼女の亡くした猫はその心の中で生きているから失くしていないのだ、というもの。最後のページ、お姫様は猫との思い出を胸にお城へと帰る。ありふれたお話の、お約束の結末。

その夜は猫の夢を見た。


学校から帰って来て、まず鍵を盗んだ。アトリエの鍵はいつもと同じ場所、父の書斎の右手奥の机の、二段目の引き出しにはいっていた。母には日奈ちゃんの家に遊びに行くと言って、玄関からアジサイの小路《こみち》を回って庭に出た。鍵を使って、アトリエの扉を開ける。

石油の匂いがする。ペトロール。この匂いは好きだ。

わたしは扉を薄く開いて身体をすべりこませ、背中で閉めた。石油の匂いが強くなった気がした。前に忍びこんだときと、すこし様子が違った。前よりもたくさんのイーゼルがあちこちに開かれて、そのぜんぶにカンバスが立てかけてある。企画展が近いから、複数の作品を同時に進めているのかもしれない。油画は絵の具を乾かす工程に時間がかかるから。

そのどれかひとつにでもわたしの絵がないかと探したくなった。でも、もうそんなことは意味がないように思われてやめた。父がわたしの絵を描いていても、いなくても、変わらない気がする。絵の中の少女はもうわたしじゃない気がする。わたしであったことなんて、一度もないような気すらした。

「彩」

呼びかけたって出て来ない。

その姿は見ることができず、声は聞こえない。そのはずだ。だって彼女は偽物の、作り物のイマジナリーフレンド。わたしに空想上の友達を生み出す想像力なんてない。そのはずなのだ。それなのに、彩はふわふわの髪を揺らして中央に立つイーゼルの陰から出てくる。にっこり笑って、「亜耶」とわたしの名前を呼ぶ。

「おかえりなさい」

「どうして？」

「え？」

「どうしているの？　どうしてあなたが見えるの？」

「どうしてって、なあに？」

「わたしは特別な子じゃない。ぜんぜん特別なんかじゃない。特別だったことなんて一度もないの」

「そうなの？」

「そうなの。あのね」

わたしは大きく息を吸う。

「自分は神秘的で、神聖で、特別な子なんだって信じてた。でもそうじゃない。ぜんぜんそうじゃないってわかってしまった。あのね、まわりの大人が勝手にわたしのことをそう思っただけなの。六歳のわたしが他の子よりも大人しくて、賢くて、物わかりがよかったから。そう、わたし、みんなよりちょっとだけ大人だった。だって、四月生まれだったから。

それから、わたしが大人に見えないものが見えるふりをして、知らないものも知っているふりをして、反対に、本当はわかっていることもわかっていないふりをしたから。大人がわたしのことを特別な子だって言うのを聞いて、本当にそうだったらいいなって思ったの。わたしはただ、どんなふりをすればいいのかがわかってただけ。子供って、大人が思ってるよりもずっといろいろなことがわかってる。ぜんぜん無垢なんかじゃない。無垢ってつまり、馬鹿ってことでしょ。わたしは馬鹿じゃなかった。だから、妖精が見えるふりとか、サンタクロースのベルの音が聞こえたふりとか、幽霊とすれ違ったふりなんかもしたよ。だって、純粋で特別な子供っていうのは、そういうものが見えたりするべきなんだって、知ってたから。でも本当はそんなの、いちども見たことない。不思議で特別なことなんてわたしには起こらなかった。わたしは純粋だったことも特別だったことも一度もないの。わたしの特別さはぜんぶ作り物。でも彩は本当にいる。どうして？　彩だって作り物だったはずなのに、本当に見えるし声も聞こえる。あなただけは本当に特別なの？　本物の、特別な女の子なの？」

彩は大きな目をぱちぱちまたたきながらわたしの話を聞いた。そして、「亜耶は特別な女の子だよ」と微笑んだ。

「ううん、違うの。違うんだってば。わたしはぜんぜん」

「でもね、わたしは特別じゃないの」

「え？」

「思い込みの力というものが人にはある。目に見えないものも、見えると思いこめば見えるようになる。聞こえると思いこめば聞こえるようになる。人は目じゃなくて脳で見て、耳じゃなくて脳で聞いているの。信じればそれが真実になる。病人のふりをして病人のように振る舞えばそれは病人であるのと同じように、イマジナリーフレンドがいると思ってそのように振る舞えば、それはいるのと同じことになる。わたしは亜耶の空想上の友達。亜耶が信じてそうなったの。でも、イマジナリーフレンドの存在なんて特別じゃない。知ってるでしょう？　小さい子ならもちろん、思春期になっても、大人になってもイマジナリーフレンドを持っている人はいるもの。だからわたしは特別じゃない」

「じゃあ、やっぱりわたしも特別じゃない」

「ううん、亜耶は特別な女の子だよ」

「ちがう。気づいたの。わたし、頑張って、特別であろうと思って、ずっと考えていたの。どうしたら特別な女の子でいられるのか。でもそんなこと考えなきゃいけない時点で特別じゃないってわかった。わたし、神秘的であろうと思っても、いつだってださいことばかりしちゃう。本当に特別なら、こんな悩み持つはずない。わたし、久保田とか美月さんと同じ。あの人たちのこと、特別な人だなんて思えない。世界中のどこにでもいるださい人って感じ。わたしたちの考えていることとって、悩んでることとって、ありふれててくだらない」

「確かにあなたの悩みはまったく特別ではない」

彩は静かな声で言った。彩がこんなに静かに話すのを、初めて聞いている気がする。

「四苦八苦という言葉があるでしょう」と、彩は唐突に言った。静かな笑みを浮かべて、優しい声で話す。

「この言葉は仏教が起源なの。人間の根源的な不幸であると仏教が説いている八つの苦しみ、その中に、歳をとること、身体や心が思い通りにいかないことがきちんと入っている。あなたが悩んできた問題は、ずっと古くからすべての人間が抱えているとされる悩みと同じ。とても普遍的な悩み。特別さの対極にあるものといえるかもしれない」

窓の外、日が傾いてきた。カンバスの影が床に長く伸びる。わたしの影も伸びる。

「大人たちに神聖視されたというあなたの原体験もそう特別なものではない。亜耶がそうありたいと願う『特別な少女』という存在も、そう珍しくはない。特別な少女は世界中にいる。少女を神聖視する文化が世界中にあるの。わたしの知っている中で有名なところだと、ネパールのクマリ信仰が挙げられる。ネパールの一部地域では今も『生き神』として選ばれた少女を信仰する文化がある。女神をその身に宿すとされるクマリは、二歳から五歳程度の少女の中から、暗闇を恐れない、水牛の生首を見ても泣かないなどの、数々の厳しい条件をクリアした一人が選ばれる。クマリに選ばれた少女は親元を離れクマリの館で暮らし、お祭りのとき以外は外に出ず、自らの足で地面を歩くこともなく、国を守る女神として人々に崇《あが》め奉られ過ごす。人間を超越した特別な存在として」

彩には影がなかった。「どうして?」とわたしはきいた。「どうして彩がそんなに、いろいろなことを知っているの? あなたがわたしのイマジナリーフレンドなら」

「亜耶だって知ってることだよ。たくさん本を読んだもの」

彩の指し示す先には、背の低い本棚があった。父に描かれながら読んだ何冊もの本が並んでいる。正直、わたしには少し理解するのが難しいと思う内容の本もあったけれど、書かれていたこと自体は覚えていた。そう、仏教の話も、クマリの話も覚えている。いや、今彩が話すのを聞いて、思い出した。

「クマリの任は出血により解かれる。多くは抜歯のときや、初潮を迎えることによって。血と共に女神が身体から離れるとされるの。そうして解任されたクマリは人間に戻り、ふつうの少女たちと同じように俗世間で生きることとなる。人間に戻った少女は多くの場合、これまでの環境とのギャップに苦しむことになるそうだよ」

「……そしてまた、新たなクマリが選出される」

「そう。別の特別な女の子が」

思い出した。わたしはそれが怖かった。特別な存在という立場がなすすべもなく失われ、他の誰かにとってかわられてしまうのが。

ぼんやり見つめる本棚の中に、『イマジナリーフレンドの不思議』というタイトルを見つける。気に入って、繰り返し読んだ本。

「わたしの知っていることはぜんぶ亜耶の知っていることだよ。亜耶がきちんと意識せず、理解せず、ただ記憶して記憶の底に沈んでしまったことを、わたしはちゃんと意識して理解して知っているの」

「でも……あなたは無垢な少女のはずなのに。無垢で、無邪気な女の子。わたしがこうありたいと思った子。でも、今の彩はそうじゃないみたい」

「亜耶がこうありたいと思う子だって、いつまでも同じじゃない。亜耶の望むものも毎日変化している。十一歳になって、いろいろなことがあって、変わったの。亜耶は気づいていなかったけど、亜耶にはいろいろなことがあった。だからわたしも変わった」

「ないよ、いろいろなんて。なにもない。わたしにはなにも起こらなかった」

「亜耶は特別なことしか見てないから、他のことに気づけなくなってる。もったいないよ。本当はありふれたものや普遍的なものだって、好きなくせに」

「好きじゃない」

「特別だから価値があるとか、ありふれているから価値がないとか、そんな簡単な話ではないこともわかっているはず。それでいて、亜耶は特別でありたいと願いながら、なにが特別なのか、なにをもって特別とするのかは、わかっていないみたい。あなたがこうなりたいと願う像は、自分の理想と他人への憧れと弟への嫉妬が混ざっている。大人っぽくみせたり子供ぶってみせたり、理想の自分になりたいのか、空想上の少女になりたいのか、弟みたいになりたいのか、はっきりしていないみたい」

「ちがう、わかってる」

「本当に？」

「そう。わたしは……わかってる。わかってるよ」

特別ということがどういうものなのか、わたしが狂おしいほどなりたかったものはなんなのか、もちろんわかっている。そう思ったのに、続く言葉がでてこなかった。わたしを待たずに、彩が口を開く。

「画家の娘であるということは、確かに特別かもしれない。絵を描いたお金だけで生活ができる人というのは少ない。画家のモデルを務めている女の子というのも特別。ここでの特別は、つまり、珍しい、という意味。亜耶がなりたかったのはそういう特別？　珍しい女の子になりたかったの？」

「……そう。いや……ううん。そうじゃない」

わからなかった。

「特別というのは、その他たくさんの普通のものがあって成り立つ相対的な感覚。六歳の亜耶の周りには六歳らしい子供たちがたくさんいて、その中で自分一人だけが大人びて、かつ神秘的な子供の演出もできたから、特別でいられた。少なくとも、そんな気分になれた。周りの子供たちがみんな亜耶のようにふるまっていたら、亜耶は自分を特別と思うこともなかった。亜耶は、誕生日にふくろうの手紙をほしがっていたね。でも、それがふつうだったら？　十一歳の誕生日にはすべての子供たちが魔法の世界からの手紙をもらうのがふつうの世の中で、いつも空中をふくろうが飛び交っているような世界だったら、それでも手紙がほしいと思った？　神秘的な魔法の世界だって、そこに住む人にとってはただの世界。特別というのは、周りの環境に支えられた状態でしかない。特別でいたいと願うことは、それ以外のふつうを強く意識するということ。特別でありたいと願う人は、誰よりも周りを気にしてるってこと。周りがどんなふうかを気にしてそこから抜け出そうとすることは、周りを気にしてそこに合わせようとすることと同じ」

彩はまっすぐわたしを見て言う。

「特別でいたいと願うほど、周りのことばかり見てしまう。周りのことばかり考えて、自分が本当はどうしたいのかを考えることがおろそかになる。ずっとそうしていたら、自分が見えなくなってしまうよ。それは、少しさみしい」

「さみしい？」

「うん。だってわたしは、亜耶が大好きだから」

「大好き？」

「うん」

「どうして？」

彩はにっこりと微笑む。

「だって亜耶は、特別な子だから」

5

「ちがう」

わたしは首を振った。

「ちがうって、今、彩が言ったんじゃない。わたしは普遍的でありふれてるって」

「亜矢が望むような特別さとはちがうと思う。でも、わたしには、あなたは特別なの」

「そんな、お約束みたいなありふれた言葉はいらない。あなたは特別な子よ、なんて、気休めいらない」

「ありふれた言葉がありふれているのは、それがある程度、本当のことだからだよ」

「そんな言葉ほしくない。みんながみんな、それぞれ特別な子だっていうんでしょ。そんなの誰も特別じゃないのと同じじゃない」

「そう、特別な人なんて誰もいない。みんながみんな、それぞれ自分のふつうを生きてるだけ」

「でも……それじゃ嫌。わたしは本当の特別さを取り戻したかった」

「でも、それは無理だよ」

「……うん」

「わたしたちはもう二度と、六歳には戻れない。十歳にだって戻れないし、永遠に十一歳でもいられない。永遠に赤ちゃんでいられないのと同じ。永遠の命がないことや、死んでしまった猫が決して生き返らないのと同じ。どうしようもないことってあるの。神秘的な六歳の少女でいることは、あきらめるしかない」

あきらめるしかない、という言葉に、わたしは顔をあげた。彩は穏やかな目でわたしを見る。

「でも、今までと同じように、神秘的に振る舞うことはできるよ。亜耶がそうしたいなら、そうすればいい。神秘的な顔をして、神秘的な声で話すの。神秘的な服を着て」

「そんなの……、ただのファッションじゃない」

「ファッションは優れた自己表現でしょ」

「ありふれてるし、誰でもできる」

「だから亜耶にもできる」

「……それは、わたしのなりたかったものじゃない気がする」

「そっか」

わたしの本当になりたかったものは、あきらめるしかない。そう心の中で繰り返しながら、床に四角く落ちた夕日の色を見ていた。まぶしい金色。特別な光にも、ありふれた光にも見えた。

「わたし……本当は、少し怖いの」

「怖い？」

「うん。ふつうの子として、生きていくのが。だって」

学校を思い出す。日奈ちゃんの話や、仲間外れにされた真理花ちゃん、先生の話や、テレビのニュースを思い出す。

「ふつうの世界って、ものすごく怖いこととか、酷いこととかが、ふつうにあるんだもん。いじめとか、悪い人とか、変な大人とか。信じられないくらい恐ろしいことが、ありふれてるでしょ。特別な子供なら、そんなふつうの怖いものとは無関係でいられた。でも、ふつうの子なら、そういう怖いことがふつうに襲ってくるんでしょ」

「そうかもしれない」

「怖い」

「怖いよね」

特別な子でいられたら、ふつうの世界のあらゆることを超越していられたのに。少なくとも、そんな気持ちでいられたのに。もうそんなふりはできなくなるんだ。ふつうの世界の問題が、わたしの世界の問題になる。

「大丈夫。わたしがいるよ」

彩がわたしの手を取った。

「それに、みんながいる」

「みんななんて、頼りにならないよ。ふつうの人たちだもん」

「だから、手を取り合えるんだよ」

「そんなお約束……」

やめて、と言おうとすると、彩が手のひらにきゅっと力をこめた。それからちょっと、いたずらな目をして笑う。こういう目をしているときの彩はわがままな子供で、わたしの言うことなんてなんにも聞いてくれないのだ。わたしはしぶしぶ笑みを返して、「わかった」とうなずいた。

「じゃあ……あきらめる。本当に特別な女の子でいること。嫌だけど。すごく……かなしいけど」

「わかるよ。かなしいよね」

かなしい。胸に穴が開いてしまった気分だ。もう二度と、理想の少女ではいられない。神秘的な存在でいたときの、全能感が去っていく。そして、ざせつ、という言葉が頭に浮かんだ。

「これがざせつっていうのかな？」

「どうだろう。わからない」

「これがざせつな気がする。わたし今、人生ではじめてざせつを味わっている気がする」

「そう、ならそうなのかも。それがざせつなのかも」

「なんだかちょっと、ほっとした」

彩が、あきらめるしかないのだ、と言ったとき、わたしはかなしさとざせつを味わいながら、同時にちょっとほっとした。胸に開いた穴を通して、ふうっと深く呼吸ができた。特別な女の子でいる間は、もうずっと、胸が窮屈で苦しかったから。わたしは彩の、温かくも冷たくもない手を離した。

「これからどうしよう。目指してたものになれないなら」

「どうしようもない。つまり、どうしたっていいの」

「そうかな？」

「うん」

「そうなんだ」

「うん」

「それならわたし、やっぱりもうアトリエには来ないかも。お父さんの絵のモデルって、正直つまんないし。もう絵も描かないから絵の具も盗みに来ない。なにも盗まない。ものを盗むのって、やっぱりふつうに良くないし」

「そうだね」

「じゃあ、彩にも会えなくなる？　彩がアトリエから出て来ないなら……これが最後？」

「心の中にいるから、いつでも会えるよ」

「そんな」

お約束。彩がお約束ばかり口にするのは、もしかしてわたしが、それを信じてるからだろうか。そんなのぜんぜん好きじゃないのに。ありふれたふつうの言葉なんて、好きじゃないと思ってたのに。

「そう、約束」

「そんなの……好きじゃない、けど、そうだね。そうかも」

そのとき西日の角度が低くなって、彩の横顔をまっすぐ照らした。気づいてみると、彩の髪はもうふわふわではなく、わたしと同じようにまっすぐで、丸くて大きくてお人形のようだった、弟に似ていた目はわたしと同じ奥二重だった。視線をおろすと、真っすぐの右足に残っていた、かっこよくて素敵だった傷も消えていた。それでもわたしは彩が好きだった。

「わたしも亜耶が好き」

彩はにっこりほほ笑む。

「わたしにとって亜耶は本当に特別な子だよ。たったひとりのわたし。ずっと大好き。ときどき思い出してね、わたしがどんなに神秘的で、特別な子だったのか」

わたしも笑みを返す。そしてアトリエを出た。

振り返らないで母家まで歩いた。お腹がすいた、夜ご飯はなんだろう、と、そんなふつうのことを考える。わたしの毎日には、なにも起こらないわけではなく、ふつうのことが起こる。それをどのようにあつかうべきか、どのようにあつかいたいのか、わたしにはまだよくわからない。ただ、特別を目指すことをやめたなら、ふつうのことを、真剣にやっていかなくちゃならないのかも、と思った。

四　ただのわたし

運動会の日、朝から雨がふった。天気予報で言われていたとおりだったから、べつになんとも思わない。でも、母のスマホに延期の連絡が届くと、弟は泣いた。来週に延期になるだけ、一週間待てばいいだけなのに、いつものお腹の底からわめくみたいなバカみたいな泣き方じゃなくて、声を上げずにしくしく泣いた。かわいそうで、雨の匂いのするリビングで、ずっと一緒に遊んであげた。両手におもちゃの車を持ちながら、弟は救急車に乗ったときのことをくりかえし話した。

次の日の放課後、母に連れられて病院に行った。レントゲンを撮って、骨がきれいにくっついているのを確認して、ギプスが外された。軽い運動なら問題ない、と許可をもらって、わたしは自由になる。両足でまっすぐ立ったとき、すこし心もとない感じがしたけれど、うれしかった。どこまでも走っていけそうな気分で、帰り道は母よりもずっと先を歩いた。そしてわたしは、怪我をした子というアイデンティティも失った。でも、もうそんなことで傷ついたりはしなかった。なぜならわたしは、挫折を経験した子だから。

話し声を聞いたのは、金曜日の夕方。その日の午後は延期になった運動会の最後の練習があって、わたしもみんなと一緒に大縄跳びをとんだ。それから、クラスの声の大きな子たちが、放課後も練習したいと言いだして、残れる子は残ることになった。日奈ちゃんと真理花ちゃんと一緒に、わたしもその自主練習に参加した。わたしが縄に引っかかったせいでクラスがビリになったりしたら、絶対に嫌だから。最近そういう、ふつうのことを気にする。そういう自分はちょっと面倒くさくて嫌だけれど、そんな繊細なわたしのことは、わたしが守ってあげなくては。

練習の後、おしゃべりをしてから家に帰ると、リビングから父と母の声が聞こえた。わたしは「ただいま」を言わずに、玄関の扉をそっと閉めた。べつに、なにを考えたわけでもない。けれど、ただなんとなく、いつも理由もなく嘘をついてしまうのと同じように、なんとなく姿を隠したくなった。足音をしのばせて、リビングのドアにそっと寄りそう。「じゃあ、本当にいいのね?」と、母の優しい、それでいて少しとまどったような声が聞こえた。

「うん、いいんだ」

「もう小野崎さんにも話したの?」

「いや、はっきりとはまだ。こないだちょっと、そんな感じの雰囲気をにおわせはしたけど」

「じゃあ、もうちょっとぎりぎりまで考えてみてもいいんじゃない？　そんな焦って決断しなくても」

「いや、うん……でも。うん、いいんだ。早いほうが」

優しい母の声に応える父の声は煮え切らないようでいて、どこかかたくなでもある。眉間にしわをよせてうつむく父の顔が、壁から透けて見えるようだった。いつもならどんな会話にだって口を出したくてたまらないはずの弟の声は聞こえない。二階にいるのか、友達の家にでも行っているのか。

「わかった。でもあれね、小野崎さんも、引き留めてくるかもよ」

「ああ……うん。やだなあ」

「なに言ってるの、ありがたいじゃない。ねえ、いっそ小野崎さんに相談してみたら？　ちょっと今スランプなんですけどって」

「えー、うん……」

小野崎さんの名前を聞いて、わたしは音をたてないように、壁を背にして廊下に座りこんだ。なにか、父の仕事にかかわる真剣な話をしている。あのひとの名前が出るというのはそういうことだ。座って、ちゃんと聞こうと思った。おしりを付けた床はひんやりと冷たくて気持ちがいい。玄関横の窓から西日が射して、細かなホコリがきらきらと舞った。

「でも、小野崎さんはどうせ、また『彩』を描いたらって言うよ」

父が苦々しそうにわたしの名前を口にするのを聞いて、息をとめる。

「それは嫌なの？」

「嫌だ。もう『彩』は描かない」

「残念だな。わたしは『彩』の絵、どれも好きだったけど」

「うん……でも描かない。ロリコン呼ばわりされたんだよ？　あいつは絶対許せない」

「あの、小野崎さんの会社の人？」

「ああ」

「でも、小野崎さんは謝ってくれたんでしょ？」

「うん……でも嫌だ。冗談のつもりだったとか、酒の席だったから許してやってくれとか、半分言い訳みたいな謝り方だったし」

「あー……」

「そいつが許せないのもだけど、小野崎さんもさ。『彩』ってモデル名も、娘の本名出したくないからって何回も伝えてるのに、打ち上げとかで平気で話すんだよ。娘さんほんとは漢字が違うんだよね、読みは一緒だけどね、とか、他の人間も大勢いる前で。そういう、常識的な配慮とかがなってないとこある人だから……自分とこの社員がそういうこと言うのだって、きっとほんとは平気なんだよ」

「そっかぁ。まあ、ちょっとおおざっぱな感じのひとよね」

「そう、デリカシーとかないし。感謝はしてるけど……」

「最初に亜耶を描くの勧めてくれたの、小野崎さんだもんね」

「うん……」

はあ、と大きなため息が続いた。

それから、なにも聞こえなくなった。父も母も黙りこんで、壁の向こうのリビングも、こちらの廊下も、音のない時間が過ぎる。わたしは静かな呼吸を繰り返しながら、今聞いた話について考えてみる。

もう父はわたしを描く気がないということ。

その理由について、父の言葉から推理できた。娘ばかりを描いていることを、小野崎さんの会社のひとにロリコン呼ばわりされた、と。小野崎さんの会社のひとということは、美術品や展示会を扱う仕事をしているひとのはず。そんなひとが、そんな低俗な冗談を言うんだということに少しおどろいた。どこにでもいるんだ、そういうひとは。世界って、そういうふうなんだ。わたしが生きているのはそういう世界。わたしがモデルでいられなくなったのは、わたしには関係のない遠いところで、顔も名前も知らないひとがお酒を飲んで言ったひと言のせい。

「でも、亜耶だってもう数年で中学生になるわけだし、ちょうどよかった。部活とか勉強とか、忙しくなるでしょ」

「うーん、でも亜耶も、モデル楽しんでたと思うけど」

「うん……でも俺も、そればっかの画家だと思われたくないし」

「そっか。わかった」

「うん……」

「あ、企画展キャンセルするなら、もう今日からちゃんと夜ご飯は一緒に食べようね。子供たち、ほんとさみしがってるんだから」

「うん。今日は俺が作るよ」

「あ、そしたら久しぶりにお父さんのグラタン食べたいなあ。マカロニあったし、じゃがいももあったし」

ご飯の話になって、壁の向こうの空気がやわらぐのがわかる。わたしはまだ冷たい廊下に座って、宙を見ている。

そもそも父がわたしを描き始めたきっかけは、小野崎さんだった。わたしのことなんてよく知らない、特に親しくもない、ただの大人。父がわたしの神秘性を見出したわけじゃなかった。なんだ、あの人か。

抱えていたひざをのばして、立ち上がる。「ただいま！」と、わたしは大きな声を上げた。「おかえりー」と、キッチンからのどかな声が返る。

延期になった運動会、六月最初の日曜日の朝はくっきりと青く晴れていて、もう夏が来たみたいだった。体操着に着替えた弟は一秒もじっとしていられなくて、家を出るまでのあいだに電池が切れてしまうんじゃないかと心配した。わたしも着替えて、運動靴を履いて、学校に向かった。靴箱のところで会った日奈ちゃんは、髪を高いところでひとつに結んで、はちまきをリボンみたいに巻いていた。「おはよう」と笑う顔の後ろで、髪のしっぽがしゅるっとゆれる。

「おはよう、いいなあ、それ。髪、かわいいね」

「ありがとう。ねえ、そしたらおそろいにしようよ」

「え、でもわたし、髪結ぶの上手くない」

「結んであげる」

「ほんと？　ありがとう」

並んで階段を上がって、教室に向かった。廊下にも、教室にも、浮足立った子たちがわらわらあふれていて、いつもの朝よりずっと騒がしい。日奈ちゃんに髪を結ってもらうわたしもそんな子供のうちのひとりで、いつもと違う髪型と、晴れた空にそわそわする。チャイムが鳴って、運動服姿の原田先生が「おはよう！」と教室に入ってくる。原田先生の張り切った笑顔や、みんなの顔をぐるりと見渡すそのしぐさは、やっぱり好きじゃなかった。わざとらしい大人って好きじゃない。なぜならわたしは、こういう性格だから。

みなで自分の椅子を持って、並んで校庭に出た。トラックの周りに設けられた応援席まで椅子を運ぶ。

雲のない空を見上げて、風が足にふれたとき、深呼吸をして、決めた。今日、わたしは徒競走と大縄跳びに出る。骨折のせいで個人競技にはエントリーされていなかったのだけれど、全員参加の競技だけは急きょ出場が決まった。原田先生がそう決めた。わたしはただうなずいてそれを受け入れただけだけれど、ちゃんと、頑張ってみようと思う。徒競走で一位を目指す。特別なことはなにもない、ただの運動会の、ただの競技だけど、やってみる。

「わたし、一位になる」

出席番号順で隣にいた真理花ちゃんに、そう告げた。真理花ちゃんは不思議そうに、「亜耶ちゃんって足が速かったっけ？」と首をかしげた。

「ううん、ぜんぜん。わたし運動って苦手。ていうかね、わたしって、特技ってなにもないんだ。なんにも得意じゃなくて、特別なことなんてなにもない。でもね、負けず嫌いだから」

真理花ちゃんはやっぱり不思議そうに、「ふうん」とうなずいた。それから、「でも」と言葉を続ける。

「でも亜耶ちゃんって、わたしには、特別な子だけど」

「え？」

「体育の時間に、話しかけてくれたから」

真理花ちゃんはぼんやりした顔のまま、どこか遠くを見つめて言った。わたしはとっさにうまく返せず、「ああ」とだけ言ってうなずいた。でも、第一走者のスタートの笛が鳴ったとき、遅れてちょっと、うれしい気持ちになった。

横一列に並べられたわたしたちは、笛の音《ね》を合図にいっせいに走り出す。スタートの一歩がちょっと遅れた。でも大丈夫。こんなのぜんぜんまき返せる。ずっと緊張していた気持ちが、走り出すとどこかに消えた。大きく腕をふって、交互に足を出して、地面を蹴る。日奈ちゃんが結んでくれた髪が首の後ろで左右に揺れる。前を走る子の背中を見て、右と左、どちら側から抜こうか考えた。身体が軽くて、調子が良い。応援席からの声が遠く聞こえて、また少し足を速める。

抜ける、と左に重心をかけたとき、バランスを崩してあっけなく転んだ。あっ、と思ったときには、左ひざを地面に強くぶつけて、手のひらも地面についていて、しびれるような痛みが走る。顔を上げると、さっきまですぐそこにあった先頭の子の背中が、もうゴールテープから数歩のところにいた。すぐに立ち上がって走り出すけれど、もう間に合わない。一番後ろを走っていた子をひとりだけ抜いて、四位でゴールラインを越えた。息をととのえながら、走り終わった子たちの列に並ぶ。心臓がどきどきしていた。自分が転んだことに、まだびっくりしている。

手のひらを見下ろすと、細かな砂が点々とついていた。校舎の二階、踊り場の窓から跳んだときのことを思い出す。まったく、いつもこうだ。自分の身体なのに、ままならない、思うとおりにいかない。気づけばいつだってださいことになっている。

「ドンマイ」

すぐ前から声がした。顔を上げると、前の列に久保田がいた。いつもどおりの、ちょっと間抜けそうなふつうの顔をして、首をまげて振り向いている。わたしは、「ああ、うん」と答える。それから少し考えて、「ありがとう」と言った。久保田はふつうの顔のまま、前に向き直った。

久保田は足が遅い。転んだわけでもなさそうなのに、わたしと同じ四位の場所に並んでいる。面白いことなんてなにも言えなくて、頭が良かったり、センスがあったり、すごく気配りができたり、親切だったりもしない、学校にお父さんのナイフを持ってきて注目を集めることくらいしかできない、とるにたらないくだらない男子。

でも、もしかしたら久保田は、ちょっと優しいところがあるのかもしれない。前に放課後雨がふったとき、まだ松葉杖をついていたわたしに、傘をどうするのか聞いてきたことがあったのを思い出した。いちどだけ家に来たとき、あのめんどうくさい弟にまとわりつかれても、嫌な顔をしないで遊んでくれたし。「ちょっと優しい」なんて、ありふれた、まったく特別でもなんでもない、ささやかなことだけど、久保田はそれをもっている。

　走る練習をすれば足が速くなるかもしれない。そうしようと思ったら、わたしだって少し優しくなることもできるかもしれない。そしてわたしは、特別じゃなくたって勇敢な女の子であるので、足が速くて少し優しくて勇敢なわたしは、真理花ちゃんがそう思ったように、誰かにとっての特別な人間になり得るのかもしれない。それはわたしが欲しがった特別さとは違う、神聖でも、神秘的でもない、ごくふつうのありふれた特別さではあるけれど、それはそれで悪くないように思えた。わたしは本当は、普遍的なものだって好きなのだと彩が言っていた。

　徒競走が終わって、お昼休みに入る。お弁当を食べに、両親のいる保護者席のほうへ向かう。車の絵の描かれた水色のレジャーシートの上、父と母の間にはもう弟がいて、わたしを見つけると「お姉ちゃんころんだ！」と叫んだ。わたしは弟を無視して、なれない早起きで青い顔をしている父のところに、かけ足でまっすぐ向かった。

「お父さん！」

「ああ、亜耶、おつかれさま。大丈夫だった？　偉かったね、すぐ立って……」

「うん。それより、お願いがあるの」

「え？　なに？」

「あのね、わたし、画家を目指してる友達がいるの。こんど、アトリエを見せてあげてもいい？」

父はおどろいたように目を見開いて、でも、すぐに笑顔になった。「いいよ」と、うなずく父の横で、弟が「ねえ、お姉ちゃんころんだよね」とうれしそうにくり返す。

「うるさい、ばあか」

美月さんを誘って、こんどは真剣に、誰にも嘘をつかずに、モデルを引き受けてみようと思った。ふつうに真剣に取り組むことならば、なにも嘘はないほうがいいんだと気づいた。美月さんの嘘を許すのもやめよう。本当は父の絵なんて好きじゃないんですよねと、指摘してやるのだ。もしかしたら、彼女を怒らせるかもしれない。ケンカになるかもしれない。それでもいい。わたしはふつうのことに、ふつうに怒ったり喜んだりしていく覚悟を決めた。

そうしてわたしは神秘性を失った。とくにこれといったできごともない、十一歳の、夏の始めのことだった。

初出

「きらら」
2019年2月、4月、6月、8月、10月、12月
2020年2月、4月、6月、8月

単行本化にあたり、大幅に加筆・修正いたしました。

装画 wataboku　装幀 川谷康久

渡辺優（わたなべ・ゆう）
1987年宮城県生まれ。宮城学院女子大学卒業。2015年『ラメルノエリキサ』で小説すばる新人賞を受賞しデビュー。著書に『自由なサメと人間たちの夢』『悪い姉』『クラゲ・アイランドの夜明け』『きみがいた世界は完璧でした、が』など多数。

アヤとあや

2021年8月2日　初版第一刷発行

著　者　渡辺優
発行者　飯田昌宏
発行所　株式会社小学館
〒101-8001
東京都千代田区一ツ橋2-3-1
編集　03-3230-5617
販売　03-5281-3555
印刷所　萩原印刷株式会社
製本所　株式会社若林製本工場

ISBN978-4-09-386619-4